가던 길 잠시 멈춰 서서

공민달 지음

상상미디어

저 자 **공민달(孔敏達)**

산과 들, 바다를 모두 경험할 수 있는 보물섬, 남해도에서 태어났다. 60, 70년대 중심 산업이 이전되던 격동의 시대에 전통적인 시골정서가 남아 있는 고향에서 자연이 주는 풍요로움을 맘껏 누리며 유년기를 보냈다.

80년대부터는 부산, 서울로 이어지는 유학생활을 하며 도시의 편리함, 공허함을 맛보았고 90년대 초중반에 감정평가사 자격을 취득하여 생활의 동선이 전국화 된다.

한국감정원, 대형법인에서 경력을 쌓은 후, 2000년 이후에는 독자적으로 회사를 설립하고 학원 운영도 하는 등 활동의 범위를 넓혀갔다. 본연의 업무 외에도 국토교통부 자문위원, 서부지방법원 민사조정위원, 종로구 지명위원 등 다양한 경험을 했다.

2010년에는 북한학 박사과정에 입학, 4,000여명의 국내 감정평가사 중 최초로 북한학 박사학위를 취득(논문 제목: 북한의 부동산제도에 관한 연구)하여 북한의 토지제도 연구에도 노력하고 있다. 지금은 동인감정평가법인(주) 대표이사, (부설)북한토지연구원 원장을 맡고 있다.

주요 저서로는 「부동산관계법규」, 「77가지의 부동산공법 이야기」, 「부동산과 감정평가 이야기」, 「북한경제와 토지제도」 외 다수가 있다.

당신을 응원합니다

님께

드림

| 차 례 |

나를 위한 위로

하나. 장 소

두울. 가치

세엣. 회상

나를 위한 위로

2016년 11월 말, 동해 두타산을 다녀온 이후 내 인생을 돌아보게 되었다. 그리고, 올해 초부터 무의식적으로 시작된 글쓰기. '늦게 배운 도둑이 날 새는 줄 모른다' 고 했던가? 휴대폰의 글쓰기 공간을 알게 된 시점과 겹치면서 침침한 시력으로 그 공간 활용을 참 부지런히 했다. 봄날, 친구를 이 세상에서 떠나보내면서 글쓰기는 더 빈번해졌고, 이제는 짬이 나면 으레껏 하는 자연스러운 일상이 되어 버렸다.

나를 찾고 싶었다. 태어나서 자란 곳, 기억을 더듬어보니 고향은 엄청난 추억거리를 간직하고 있었다. 어머니, 아버지, 산과 들, 바다... 생각나는 이, 발길 닿는 곳마다 아련한 기억들이 새록새록 떠올랐다. 기록해두지 않으면 사라질 것 같은 소중한 시간들. 신기하게도 고향을 떠난 십대 중반 이전의 시간들이 마치 며칠 전의 일들처럼 다가왔다. 회상, 그것은 나를 단순히 과거로 데려다 놓는 것이 아니라 사람, 고향과 맺은 귀한 인연을 더 소중하게 여기도록 이끌었다.

부모님의 과감한 결단력, 십대 중반부터 시작된 도회지 생활. 불안했던 사춘기의 공간이었던 부산은 내 감성을 더욱 섬세하게 만들었다. 그리고 서울 유학... 강원도에서의 군 생활로 전국적인 유동성을 갖춘 것에 더하여 감정평가사라는 직업은 한반도의 남쪽 지역을 아주 세밀하게 볼 수 있도록 해 준다. 고향과 대비되는 풍경들, 풀 한 포기, 나무 한 그루도 친근하게 다가오는 장소들. 그 장소들은 모든 사람이 다 개별적이듯, 각각의 독특한 매력을 보여준다.

살아가며 지켜야 할 가치, 생각해 볼만한 삶의 지혜들. 이미 수많은 성인, 철학자, 명상가들이 활자화된 책이나 영상을 통하여 차고 넘치도록 제시해 주었다. 그 내용대로 살아가면 행복한 삶을 영위할 수 있다. 그러나 그것은 내 것이 아니다. 멋진 가르침이 한 줄의 문장으로 기억될 수는 있어도 내 마음이나 행동까지 따라 하기는 쉽지 않다. 내가 생각해서 글로 써보고, 또 음미하고 행동하면 비로소 그 가치는 내 것이 되어 삶을 더 윤택하게 해 준다.

이 글은 나를 위로하기 위한 글이다. 글쓰기에 집중하고 있으면 세상사에 휘둘리지 않고 오직 나만 존재하고 나와 대화하는 즐거움이 있다. 무엇보다, 글을 쓸 때마다 내 맘 속에 가득 쌓여 있는 독소가 빠져 나가는 듯한 느낌이 정말 좋다. 상처 난 마늘은 종자용으로 사용하지 못하듯이 노여움과 슬픔을 간직한 마음은 버려야 한다. 그 버림의 방법으로서 글쓰기는 정말 유익한 일이다.

짬짬이 쓴 글을 세상에 내 놓을 수 있게 해 준 마음도 글쓰기가 가져다 준 순기능이다. 나름의 형식을 갖추어 본격적으로 글쓰기를 시작한 2월경부터 지금까지 줄곧 느낌 표시해 주고 댓글로 응원해 주신 분들은 정말 잊을 수 없는 큰 힘이 되었다. 안경 쓰지 않고 쓴 휴대폰 속의 글이라 오타도 많고 문맥도 이상하였을 텐데 오래도록 읽어주셨다. 진심으로 감사드린다.

늘 전문적인 책만 쓰다가 이렇게 살아가는 이야기를 시중에 출간되는 책으로 내는 데에는 상상미디어 김혜라 사장님의 격려가 결정적인 힘이 되었다. 처음부터 책 내용을 꼼꼼히 읽어주시고 형식뿐만 아니라 내용적인 면에서도 가르침과 길잡이 역할을 해주신 은혜도 평생 잊지 못할 일이다.

이 글은 다이내믹한 관계, 아내와의 삶이 기여한 바가 크다. 평생의 동반자, 지명. 엄마, 며느리 역할에 성격도 행동도 동적인 부분이 많은 남편과 같이 사느라 본인의 시간과 감정, 많은 것을 희생했다. 이 지면을 빌어 미안함과 존경, 사랑을 전한다. 두 아들 주헌, 관우에게도 늘 미안한 마음이 앞선다. 사막에서는 손에 꼭 쥐고 보호하고 싶었지만, 사막을 벗어나면 훨훨 날아가기를 바라는 마음이다. 멋진 항로를 개척할 것이라 믿는다.

2017년 8월

위례에서 공민달

하나.
장소

“

저 멀리 보이는 산봉우리들, 그 정상들이 내가 서 있는 곳의 높이를 가늠하게 하지만, 서울에서 들었던 ‘그 산, 정말 좋다.’를 실감하지 못하고 있다.

”

두타(頭陀)산에서 마음을 일깨우다

산행모임이 없던 차에 지인의 권유로 일곱 명이 같이하는 산행에 동참하게 되었다. 밤 10시, 양재역에서 봉고차로 출발하여 다음날 새벽 2시쯤 동해시에 도착, 찜질방에서 잠을 청한다. 익숙하지 않은 여정이라 잠이 오질 않는데 동행인들은 편한 휴식을 취하는 것 같다. 5시에 일어나기로 했으나 그냥 눈만 감고 있었던 터라 혼자 깨어 4시 반부터 씻고 등산준비를 한다.

두타산 입구, 시원한 황태해장국 한 그릇 하고 본격적인 출발. 초행길이라 신선하기도 하고, 오기 전에 다른 지인들로부터 좋은 산이라는 말을 몇 번 들었기에 잔뜩 기대도 된다. 계곡으로 올라가니 산세의 웅장함보다는 아기자기한 풍경이 낯설지만은 않다. 앞서가던 동행인, "아이고, 길을 잘못 들었나 봅니다." 일행들은 조금 당황해했지만 난 어차피 처음 가는 길이니 상관없다.

그렇게 높아 보이지 않았던 정상. 가도 가도 그 지점이 보이지조차 않는다. 최근 몇 년간 높은 산을 가지 않아서인지 너무 힘들다. 일곱 명 중 나와 유사한 호흡을 하는 한 분이 있어서 그나마 위안. 11월 말, 날씨는 초겨울이지만 땀에 흠뻑 젖는다. 그래도 끝이 있다. 산등성에 이르고, 드디어 1,353미터, 두타산 정상이다.

정상에는 의외로 홀로 텐트치고 식사하는 이들이 몇 있다. 중년의 여성도 큰 배낭을 옆에 두고 여유롭게 즐기고 있는 모습이다. 밤을 지새울 거라 한다. '날씨, 산짐승들로 인해 문제가 있지는 않을까?' 걱정도 해 보지만 아주 베테랑들인 것 같다. 그분들 도움과 우리 팀의 준비물로 끓인 라면, 군대생활 때 야영에서 먹었던 그것 다음으로 잊지 못할 맛이다.

저 멀리 보이는 산봉우리들, 그 정상들이 내가 서 있는 곳의 높이를 가늠하게 하지만, 서울에서 들었던 "그 산, 정말 좋다"를 실감하지 못하고 있다. 하산 시작. 내려오는 길은 더 가파르고 언제나 그렇듯, 오르는 길보다 힘들다.

거의 낙오 수준으로 뒤따라간다. '아, 내가 따라올 산이 아니었구나.' 그래도 내려갈 수밖에 없다.

중하단부 쯤에 이르니 갑자기 큰 바위계곡이 나타났다. 큰 바위들 사이의 낭떠러지는 북한산 사모바위 주변 수준이 아니다. 두려움보다는 형용할 수 없는 엄숙함이 감돈다. 무언가 설명된 곳을 보니 임진왜란 때 이곳 두타산성에서 왜병들과 치열한 전투가 벌어졌다고 한다. 전국 어디를 가나 느끼는 거지만 왜놈들 정말 지독한 족속들이다. 어떻게 여기까지?

이거였다. 이 광경을 두고 서울에서 사람들이 나더러 "좋은 곳에 간다고 한 거 였구나" 알 것 같았다. 더군다나, 길을 잘못 들어 11시간의 산행

끝머리에 만난 광경이니 그 기쁨을 어찌 다 표현할 수 있겠는가! 순간, 떠오르는 글귀. "희로애락, 내 감정은 다 내 꺼!" 내 노여움을, 슬픔을 해결해 줄 이는 오직 나밖에 없다는 생각에 장시간의 산행 고통이 확 씻겨 내려갔다.

하산길에 '두타'의 의미를 찾아보니, '속세의 번뇌를 떨치고 불도 수행을 닦는 것'이란 불교 용어에서 유래되었다고 한다. 두타의 의미가 온몸에 와 닿았던 고되었던 산행, 깊고 큰 바위계곡, 불현듯 떠오른 생각과 맞물리면서 평생 잊을 수 없는 추억의 장소가 될 것 같은 예감이 들었다. 지리산이 세상사에 일희일비하는 나를 반성하게 했다면, 두타산은 세상사는 마음을 일깨워 주기에 충분했다.

초겨울에 방문했던 두타산. 사계절을 담고자 마음먹었지만 봄이 가고 여름인데도 실행하지 못하고 있다. 안타까운 일이다.

여러 갈래의 길

관악산은 북한산과 마찬가지로 정상 오르는 길의 출발지점이 여러 곳에 있다. 그 중에 남현동에서 관악산 정상인 연주대에 오르는 길을 나는 좋아한다.

내가 오른 서울 소재 산 중, 출발지점에서 최단 시간에 서울전경을 한눈에 볼 수 있는 코스다. 빨리 조망하고 싶으면 왼쪽 산등성을 타면 되고, 긴장감을 조금 느끼려면 중앙 암벽을 타면 된다. 힘들고 사색이 필요할 땐 오른쪽 둘레길이 좋다.

삶에도 여러 길이 있다. 단박성장에 이르는 길, 모험하는 길, 안전한 길, 쉬어가는 길...

어떤 길을 가고 있는가? 다양한 길을 선택할 수 있는 것만으로도 행복하다. 내가 선택한 길은 늘 최선의 길이고 다른 길과 비교할 필요가 없다.

하지만 나이가 들면 내가 선택할 수 있는 길이 자꾸 적어진다. 더 많은 길을 열어두는 것이 건강하고 행복한 삶인 것 같다.

여의도에서

국회도서관에 왔다. 한 번씩 일상의 동선을 벗어나 이런 곳에 오면 맘이 참 편하다. 물론, 눈이 침침해지고 쉬고 있던 뇌의 특정부분을 작동해야 하는 불편함도 있지만...

한강변으로 가 본다. 나무들은 아직 겨울이지만, 봄기운이 느껴지는 날씨 때문인지 운동하는 사람들이 꽤 있다. 산에서 만나는 사람들보다 어려보이지만, 나이 있는 사람들도 산행하는 사람들보다 배가 덜 나와 보인다. 왜일까?

아마, 한강변에는 음식을 거나하게 먹을 장소가 없기 때문일 것이다. 체중감량을 하려면 산보다는 한강변이 좋다. 움직이는 것보다 적게 먹어야 목표를 달성할 수 있다. 목표에 맞는 실천이 필요하다.

한반도 지형을 바라보며

충북 제천. 업무차 가는 길이다. 새로 뚫린 제2 영동고속도로, 전국을 다녔지만 한번도 만나지 못했던 중앙고속도로. 처음 달려보는 길은 늘 새롭고 신이 난다.

목적지는 강원도 접경 지역. 가다보니 도로변 이정표에 한반도 지형이 눈에 들어온다. 15분 거리이니 한번 들러볼까?

찬바람 불어 봄기운을 방해하지만 오가는 사람들마다 표정이 활기차다. 돌아가는 강변, 삼면

이 수면에 접하고 서쪽은 모래흙도 보이는 낮은 지세, 동쪽은 산으로 형성되어 높다. 형상이 꼭 한반도다. 영상이나 사진으로만 봤던... 물이 맑고 소나무도 생기 있고... 멋진 풍경이다.

한반도...
소중한 이 땅에서 꼭 지켜야할 가치, "평화!"

SRT(Super Rapid Train) 안에서 끄적이다

수서를 출발했다. 아직 제대로 핀 봄꽃을 못 본 채 내 삶에서 세 번째로 오랜 시간을 보낸 도시, 첫 유학생활의 꿈과 홀로서기의 혼돈이 뒤엉켰던 도시, 부산으로 간다.

좌석공간이 넓어 KTX보다 편리하다. 지하에서 출발해서 계속 지하로 가더니 16분에 잠깐, 18분 되어서야 지상으로 완전히 나왔다. 어딜까? 여러 정황상 평택 어디이지 싶다. 이때 들리는 안내방송, "휴대폰은 진동으로, 통화는 객실 밖 통로에서..." 소용없다. 5분 이상을 큰소리로 통화하는 남성. 아마 인지하지 못하는 거겠지. 초벌 씻음 없이 사우나 탕에 첨벙 뛰어드는 사람처럼.

순식간에 천안아산역. 허허벌판을 달리고 있어서인지 아직도 봄 내음을 느끼지 못한다. 조금씩 남쪽으로 갈수록 산야에서 봄을 볼 수 있을 거라는 기대는 무너진다. 부산에 가면 다르겠지. 잠을 청해본다. 기차에서의 잠은 정말 꿀맛. 근데 고작 20분 만에 깨어난다. 무슨 일인지 그렇게 잘 잤던 기차 잠을 즐길 수가 없다.

위례예찬

위례는 서울의 남동측 끝부분, 행정구역으로는 송파구, 하남시, 성남시가 맞물려 있는 지역에 위치하고 있다. 파주, 춘천, 인천공항까지 신호등 없이 1시간 거리. 광역적인 접근성도 좋고 근무지인 용산까지도 빠르게는 30분이면 된다.

무엇보다 동측으로 남한산성 주변에 있는 청량산이 있어 좋다. 주거지대 주변 산치곤 497미터의 꽤 높은 산이다. 5월이면 거실에 누워 뻐꾸기 소릴 들을 수 있다. 지난 1월엔 고라니가 단지로 찾아왔다. 멀리 보이는 산이 아니라 바로 눈앞의

산이다. 한강의 조망보다 이런 산 조망은 사계절의 모습을 달리해서 좋다.

봄이 주는 향연에서 화려한 꽃보다도 연둣빛의 나무이파리가 더 좋다. 어릴 적엔 개나리꽃 영향이었는지 노란색이, 서른 이전에는 푸른색이 좋았다. 그러다 색깔을 잊었고... 마흔 이후 지리산, 북한산을 홀로 다닐 때는 녹색이 그렇게 좋을 수가 없었다. 몇 년 전부터 눈에 들어온 연두색, 화려하지도 짙지도 않아서 좋고 새 생명의 느낌, 때 묻지 않은 순수의 느낌이 좋다.

위례에서는 나무와 산이 주는 풍요로움, 그 중에서도 연두색의 묘미를 가까이에서 매일 느낄 수 있다. 도심접근성 또한 무난하니 만족도 최고의 주거지대임에 틀림없는 듯하다.

나의 단골집

행정구역으로 강남구, 서초구엔 부동산의 종류가 참 다양하다. 원룸부터 자동차 관련 시설 등 「건축법」에 규정된 건축물의 종류는 다 있는 듯하다. 사람들도 다양하다. 아마 한국의 직업군들이 다 모여 있을 것이다. 세곡동에는 농부도 있다.

강남에는 술을 판매할 수 있는 일반음식점, 맛집도 많다. 가격이 비싸다고 맛있는 것이 아니다. 가격이 저렴하다고 좋은 게 아니다. 돈값을 하는 음식이 최고다. 만 원짜리를 먹고도 이만 원을 내고 싶은 감동을 주는 음식, 음식점.

강남역과 뱅뱅사거리 중간, 우성아파트 사거리. 그 주변에 위치한 이즈타워 건물에 <꽃보다 라면>이라는 음식점이 있다. 꽃보다 이파리도 아니고 웬 라면? 주인장한테 물어본다는 것이 6년이 지나도록 그러질 못했다.

다이어트 음식인 멍게비빔밥, 계란프라이가 들어있는 추억의 도시락, 요리의 절제미가 있는 석쇠 직화구이, 그리고 최근에는 그 맛이 절정에 다다른 피꼬막요리까지... 제 가격보다 훨씬 많은 행복을 주는, 다음날 속 깨끗하고 체중관리가 되는 음식들이다.

대박, 자영업 특히 음식점을 오래 유지하는 것은 쉬운 일이 아니다. 그런데 개업 6년차 <꽃라>엔 늘 30대~40대 사람들로 북적댄다. 저녁에도 기다려야 하는 때가 있다. 사람이 또 사람을 부른다. 그 비결은 역시 제 값 이상을 하는 음식에 있다.

여기에 부부 사장님의 기여를 언급하지 않을 수가 없다. 노래도 잘하는, 요리하는 남자 사장님, 긍정바이러스 넘치는 여자 사장님. 두 분의 넉넉한 인심과 밝은 모습 또한 대박의 비결이다. 그렇다. 음식만으론 안 된다. 음식과 주인장의 모습이 어우러져서 대박이 나는 것 같다. <꽃라>에 가면 계산된 음식값 이상을 내고 싶어진다.

야구가 선사하는 즐거움

어릴 적부터 제일 좋아하는 운동은 축구였다. 해마다 두 명절에 버금가는 잔치로 열린 <8 · 15경축 마을대항 축구시합>에서 군 전역 후 우리 마을을 우승으로 이끌 만큼 실력을 인정받기도 했다. 그 당시나 지금도 사람들은 내가 군 30개월 동안 657골을 넣었다는 말을 잘 믿지 않는다. 명백한 사실인데 말이다.

프로축구가 시작되고 동대문운동장으로 구경을 갔었다. 적토마 고정운의 움직임이 기억난다. 그런데 윙 역할은 않고 나이가 들어서인지 센터포

워드 위치에서 패스 받아 회전, 슈팅~~ 재미가 없었다. 그 뒤로 축구장을 자발적으론 가지 않았다. 축구는 그저 내가 즐기는 재미로만 남았다.

보는 재미는 역시 야구다. 야구는 1회부터 9회까지 매회 사건이 일어난다. 9회 말 투아웃에서도 역전이 가능하다. 규칙도 다양하다. 공격팀의 주자가 2루로 진루할 때 수비가 공을 받아 베이스만 먼저 밟아도 아웃되는 경우가 있지만 어떤 상황에선 주자의 몸에 태그 해야 아웃이다. 물론, 이런 걸 모르고 봐도 된다. 심판이 아웃! 하면 아웃이니.

2017년 롯데의 잠실 첫 경기가 오늘이다. 지역 연고로 롯데 팬이 되었는데 두 아들도 아빠 따라 롯데 팬. 그러나 성적이 시원찮고 NC가 등장하자 난 NC로 옮겼다. 신인들과 다른 팀에서 자리 잡지 못한 외인들, 재기를 모색하던 'A.로드리게스 삼구삼진' 손민한이 나를 변심하게 만들었다. 두 아들은 어떻게 팀을 바꾸냐며 여전히 롯데 팬. 오늘, 팀 변경 후 처음으로 롯데가 경기하는 잠실종합운동장을 찾았다.

빅보이 이대호의 귀환 영향이다. 계약금 50억, 연봉 25억. 수입만큼 실력도 좋지만 봉사활동과 말하는 걸 보면 덩치 값하는 후덕함이 있다. 아들들이나 조카, 후배들에게 훌륭한 사람으로 제일 많이 언급한 이가 이대호다. 세 살 때 아버지를 여의고 어머니와 이별, 할머니마저 고2 때 세상을 떠나신 것으로 전해진다. 그 힘든 상황을 극복하고 '조선의 4번 타자'가 된 그가 나를 다시 경기장으로 불러낸 것이다. 오늘은 물론 롯데 승리기원. 다음에 NC와 롯데가 붙으면 이대호는 홈런을 치고 경기는 NC가 이겼으면 좋겠다.

야구장 특히, 야간 구장은 답답한 도심의 공기를 한방에 날려버리는 확 트인 공간이 있어서 좋다. 응원석 위치에 따라 보는 맛도 다르다. 치맥은 응원의 열기를 더한다. 오늘, 딱 하는 소리, 함성과 함께 대호의 홈런이 나오길 기대해 본다. 잠실벌은 야구를 하기에도 보기에도 좋은 날씨다. 상대 투수가 니퍼트이지만 살짝 바람도 불고 있으니 홈런 몇 방은 나올 것 같다.

아내와 봄 나들이

황금연휴 첫날, 오전에 집안 정리하고 오후에 가까운 양평의 용문사로 향했다. 북한강과 남한강이 만나는 팔당호를 지나 양수대교에서 양평에 이르는 남한강변은 미세하게 넘실거리는 물결과 주변 산의 연둣빛 절정으로 정말 환상적이다. 달리는 차 안이라 사진에 담지 못하는 것이 아쉽다.

도착 지점에 거의 이르러 점심. 어? 선글라스를 낀 낯익은 얼굴도 식사를 하고 있다. 가수 박상민. '그래, 이 양반도 여기서 식사하는 걸 보니 이 집 괜찮은 것으로 인정!' 사진촬영을 원하는 사람들이 꽤많은데도 특유의 익살스러운 표정으로 흔쾌히 응하는 걸 보면서 웃어 본다. 그런 모습을 뒤로 한 채 우리는 목적지로 출발~

용문사, 절 방문 자체가 목적이 아니더라도 용문산관광단지 주차장으로부터 용문사에 이르는 길은 종교를 떠나 불경소리, 자연과 함께 하는, 잊을 수 없고 놓고 싶지 않은 길이다. 그 길로 가는 목적지에 다다르니 길이 막힌다. 오후인데 웬일? 양평 용문산 산나물축제가 열리고 있었던 것이다. 두릅, 취나물, 더덕, 버섯, 칡... 다양한 산나물과 지평막걸리가 걸음을 멈추게 한다.

음악소리도 들린다. 둘이 누가 먼저랄 것도 없이 말없이 그곳으로 향한다. 잠시 후 사회자가 "박상민"이라는 말에 웃음이... '그렇구나. 그는 여기에서 행사하려고 식사 중이었구나.' 다른 무명가수들의 공연이 길게 이어졌지만, 기다렸다. 진짜 나왔다. 생각보단 작은 키, 장난기는 TV에서 본 그대로다. 아, <지중해>, <중년>을 부른다. 내가 좋아하는 노래. 같이 부르면서 휴대폰으로 촬영하기에 바빴다. 마지막엔 군수도 한곡~ 요즘은 정치인들도 노래 잘한다.

예정보다 늦었지만 다시 출발, 용문사에 이르는 길은 몇 갈래가 있고, 그 길들은 짧지만 정취가 있다. 용문사 바로 입구에는 천년 넘은 은행나무도 있다. 한 번씩 자연을 느끼고 싶을 때 가고픈 길 중에 하나다. 혼자도 좋고 둘이도 좋다. 오늘은 좋아하는 음악과 함께여서 더 좋았다. 더, 더 좋았던 것은 멋진 오월의 경치와 공감미, 음악 외에 서로 바쁜 일정으로 오랜만에, 아내와 같이 해서이다.

벗들과 함께하는 서울둘레길

지난해 말, 한 친구가 제안을 했다. "2017년 한 해에 걸쳐 서울둘레길을 한 바퀴 돌자." 둘레길이 좀 시시하다는 생각에 처음엔 동함이 없었지만, 긴 세월을 함께 한 친구의 제안이라 다시 생각, 몇 명의 친구와 진행하기로 결정했다.

총길이 157킬로미터. 매달 1회 또는 2회, 전체 8구간을 12월까지 완주하기로 목표 설정. 일요일에 만나 4시간에서 6시간을 걷는다. 다들 사는 곳이 동서남북인데다가 둘레길 출발지점이 매번 다르니 집에서 나오는 시간만 최장 한 시간 반가량이다. 그런데도 모이는 시간이 정확하다. 시간약속 이행으로 완주를 위한 상호 신뢰가 구축된다.

첫 출발은 1월 8일, 4코스 대모-우면산 구간.

대모산 정상에 이르는 길은 사람들이 하도 많이 다녀 별 감흥이 없으나, 안쪽에 숨어 있는 둘레길은 아담한 느낌에 제법 운치가 있다. 우면산은 밖에서 보는 것 보다 산 높이에 비하여 골이 깊다. 이런 점은 수년 전 산사태에도 영향을 미쳤을 것이다. 그 아팠던 흔적은 배수구에 고스란히 남아 있었다.

두 번째는 5코스 관악산 구간.

내가 좋아하는 남현동부터 출발이다. 3월 초, 아직은 봄을 전혀 느낄 수 없는 자연. 그럼에도 시산제 행사로 관악산 하단부엔 엄청난 인파가 몰려있다. 석수역까지... 계절로나 경치로나 사진에 담을 만한 장면은 없었지만 길의 적정한 오르내림이 참 좋았던 구간이다.

6코스 안양천 구간이 세 번째.

4월 초 · 중순, 벚꽃이 만개한 시점이다. 18킬로

미터의 긴 구간이지만 평지라 쉽게 통과할 줄 알았다. 큰 오산이었다. 지루했다. 허리, 다리 아프다고 다들 한마디씩 한다. 다만, 안양천변으로 조성된 벚꽃길은 내가 본 꽃길 중 제일 긴 길인 것 같다.

며칠 전, 1코스 수락-불암산 코스가 네 번째.

처음 가보는 작은 산길에 신선함도 느낀다. 시간이 지나고 자꾸 가파른 지대로 가고 있다. '어, 아닌 것 같은데...' 정해진 둘레길을 잃어버렸다. 결국 산중턱을 돌고 돌아, 처음으로 목표를 미달성. 덕분에 건너편 인수봉의 절경을 한눈에 볼 수 있었다.

살아가는 길로 보면, 제일 살만한 길은 관악산 코스인 것 같다. 큰 아픔도 없고, 지루하지도 않고, 실수로 의도하지 않았던 길에 접어들 가능성도 낮고, 적정한 오름과 내림이 길게 연속되는 길, 그러나 다른 길도 피할 수는 없다. 그런 길도 다 거쳐야 완주가 되는 것이니.

이제 100킬로미터 정도를 남겨두고 있다. 12월

에는 28개의 스탬프가 찍힌 완주 증표를 시청에 가지고 가서 완주증을 받을 것이다. 스탬프를 하나씩 찍을 때마다 초교시절, 선생님으로부터 '참 잘했어요' 도장 받는 기분이다. 잉크가 부족해서 흐리게 찍힐 때는 상쾌함이 덜하기까지 한다.

혼자 할 수 있는 일은 많다. 혼밥, 혼술, 혼산, 혼영, 혼겹...

157킬로미터 둘레길 완주는 혼자서는 불가능할 것 같다. 긴 시간을 같이 하고 일정, 먹거리 등을 배려하는 친구들이 있어 참 다행이고 고마운 일이다. 2017년, 최고의 행사다.

강화도 그리고 처가

우리나라 섬 규모 순위 5위, 강화도. 행정구역상으로 인천광역시 강화군에 속해 있다. 남해군과의 자매도시라 더 정이 간다.

90년대 중반, 처음 가봤다. 일가친척들에게 인사하고 조상님 산소에 성묘, 서울 가는 길에 강화인삼으로 담근 술을 구입했다. 아내의 고향, 장인 장모님은 일찍 서울로 나오셨지만 많은 친척 분들이 거주하고 계셨다. 아내는 어릴 적에 바늘에 실을 길게 끼웠다고 한다. 그래서 고모님들의 놀림, "너, 시집 아주 멀리로 갈게다." 현실이 되어버렸다. 남한의 거의 끝과 끝. 강화 인삼과 남해 마늘이 만났으니 말이다.

강화도는 한국사의 축소판이기도 하다. 고인돌무덤, 단군과 마니산 참성단, 고구려와 백제의 혈전지, 고려의 천도와 갑곶돈대, 정묘호란과 인조, 병자호란, 병인양요와 신미양요, 철종, 한국전쟁... 강화도를 한 바퀴 돌면 단군이전시대부터 현대사까지 역사 공부를 제대로 할 수 있다. 단군신화의 성스러움이 있지만, 수많은 외침을 당했던, 그리고 이를 이겨낸 강한 땅.

남해와는 달리 강화의 농지는 거의 평지이고 아주 넓은 평야지대로 되어 있다. 따라서 농가당 경작면적이 남해와는 비교할 수 없을 정도로 크다. 대부분의 중부지방이 그렇듯이 강화쌀은 남쪽지방 쌀보다 맛있다. 남쪽지방보다 더 긴 시간 동안 벼를 재배하기 때문이다. 그것은 이모작을 하지 않는다는 의미도 된다. 남쪽에선 농가당 경작면적이 크지 않기 때문에 이모작을 하지 않으면 안 된다. 이런 영향인지 강화사람들은 섬 사람, 역사의 수난을 이겨낸 사람들의 치열함도 있지만 일모작의 여유로움도 돋보인다.

장인어른은 참 느긋한 분이셨다. 그 시대에는 쉽지 않은, 대학까지 진학하셨다. 그것도 고학으로... 힘든 과정이었지만 늘 여유를 가지고 이겨내셨던 것 같다. 직장생활과 사업을 정리하시고 자그마한 자영업을 하실 때 처음으로 뵙게 되었다. 늘 책을 놓지 않으셨다. 사위가 오면 일하시다가도 "한잔 하련가?" 이미 사용한 흔적이 있는 종이컵에 소주를 가득 부어주신다. 한잔 쭉 들이키면 또 부어주신다. 이심전심. 특별한 대화 없이 소주 한잔 나누지만, 당신께서 주시는 정을 느낀다. 그 장면을 잊을 수가 없다.

장모님. 내가 느낀 강화사람의 모습을 많이 가지고 계신다. 한 번도 어떤 문제에 대해서 애태워하시는 모습을 본 적이 없다. 황희 정승과 두 하인에 얽힌 설화가 회자될 때마다 어머님을 떠올린다. 그 당시 여성으로서는 흔치 않게 대학까지 마친 학구적 모습으로 성경 한 권을 손으로 다 옮기셨다. 지금은 나이 드신 분들이 어떻게 살아야 하는지에 대한 교과서적인 삶을 사신다. 칠십 대

중반, 하루 종일 바쁘시다. 새벽기도, 대학, 구청 문화센터, 세계여행, 전철역 2정거장 전에 내려서 귀가. 바쁘게 사시면서 건강을 지키려는 노력은 비단 당신의 행복만을 위한 것이 아니다. 자식들에게 폐를 끼치고 싶지 않은, 깊은 맘이 있으신 것 같다.

강화, 결혼으로 인하여 인연을 맺게 된 지역. 사람의 성격은 지역성보다는 개별성에 의하여 형성되고 표출되지만, 아주 조금은 그 지역 자연환경의 영향도 받는 것 같다. 내게 다가온 강화는 물살의 큰 변화 없는 잔잔한 서해바다, 급경사가 거의 없는 취락과 농경지대로서의 여유로움이 큰 특징이다. 그러나 외세에 의한 수많은 아픔도 이겨낸 강함도 부인할 수 없다.

봉평면 무이리에 가보셨나요?

내 기억 속의 강원도는 크게 세 갈래로 나뉜다. 군 생활을 했던 북부지역. 그 힘들었던 시간만큼이나 사방팔방이 높고 낮은 산으로 꽉 막힌 곳. 이 지역은 낮은 산도 골이 깊고 험하다. 독도법에 미숙한 지휘관은 길을 잃기가 쉽고, 부대원들의 소리 없는 원성을 들어야 했다.

두 번째 갈래는 광활하게 펼쳐진 바다가 있는 동측 지역. 설악산 산행과 동해바다 해변 거닐기를 같이 하면 웬만한 해외 유명 관광지가 부럽지 않다. 속초, 양양, 강릉으로 길게 이어지는 바닷가는 다른 지역에서 대체할 수 없는, 마음비우기의 감동을 준다. 먹거리도 많은 지역, 오징어회도 좋지만 바닷바람 맞으며 먹는 육고기도 좋다.

그리고 마지막, 그야말로 산골. 자연 취락, 밭 위주의 농지, 맑고 긴 계곡, 울창한 산림으로 형성된 내륙지역이다. 왠지 모를 쓸쓸함, 때 묻지 않은 순수함으로 가득한 지역. 오래 전 영화 <삼포가는길>의 한 장면. 눈 쌓인 들판에서 티격태격 싸우다가도 흥에 겨워 노래 부르는, 삶의 애환을 가득 안고 있는 세 사람의 모습이 떠오르는 지역. 이런 자연을, 감정을 가장 잘 반영한 지역이 평창군 봉평면 무이리란 동네다.

15여 년 전에 처음 인연을 맺었다. 전국적으로 펜션 개발이 활성화되던 시기에 업무차 가게 되었다. 그 첫 방문의 느낌은 강의 자료로도 많이 활용되었다. 사계절을 성수기로 누릴 수 있는 지역. 봄, 가을에는 자연 그대로의 모습으로, 여름에는 깊은 계곡 즐김으로, 겨울에는 설경과 스키로 많은 사람들이 삶을 재충전할 수 있는 장소, 무이리.

무이리와의 인연으로 이효석 생가를 방문했다. 아주 어릴 적, 책에서 보았던 「메밀꽃 필 무렵」. 초여름, 밤길에서 나누는 대화, 그리고 풍경 묘사. "이즈러는졌으나 보름을 가제 지난 달은 부드러운 빛을 흐붓이 흘리고 있다. 산허리는 왼통 메밀밭이어서 피기 시작한 꽃이 소금을 뿌린듯...이" 세 갈래의 강원도에서 봉평면 일대를 가장 잘 묘사한 작품인 것 같다.

난개발로 눈살 찌푸리게 하는 장소도 더러 있지만, 찾아보면 봉평면 무이리 주변은 속살을 드러내지 않은 곳들을 발견할 수 있다. 한번 방문으로 다 알 수가 없지만 갈 때마다 새로움이 느껴지는 곳, 단골 음식점 가듯이 무이리는 생각날 때마다 한 번씩 꼭 가보고 싶은 지역이다.

나의 버킷리스트, 100대 명산(名山) 등반

삶은 수많은 선택과 결정의 연속이다. 아마 이 세상을 떠나는 순간까지도 그럴 것이다. 사람, 직업, 장소와 같은 큰 내용뿐만 아니라 한 끼 식사, 주류, 옷 같은 소소한 것도 매일 정할 수밖에 없다. 선택, 결정하고 시간이 지나면 그 내용은 이미 돌이킬 수 없는 과거가 된다. 그런 과거를 난 후회한 적이 거의 없다. 언젠가, 현실의 나에 대해서는 만족도가 그리 높지 않았다. 도시를 벗어나고픈 충동이 들었고, 전국 100대 명산을 오르기로 또 하나의 결정을 했다. 그것도 동행 없이 홀로 다니는 것으로 하고...

혼산(홀로 산행)하면 정말 자유롭다. 산, 코스, 소요시간 등 많은 것을 타인 배려에 대한 고민 없이 신속하게 진행할 수 있다. 그보다 더 좋은 것은 나보다 훨씬 더 오래 살았을 것 같은 나무, 조선시대부터 있었을 것 같은 바위들과 대화할 수 있다는 것. 길재의 시조에 나타나는 시대상하고는 관계없이 "산천은 의구한데 인걸은 간데없네"가 절로 나온다. 교보문고에 가서 "전국 100대 명산" 책을 사고, 드디어 출발.

북한산은 그 이전부터 여러 행사로 자주 오르던, 오르는 경로가 다양한 산이다. 구기터널 입구에서 대남문 또는 비봉에 이르는 길은 남향받이라 겨울이 녹아도 질퍽대지 않고, 사계절 내내 깔끔하다. 자연휴식년제, 계곡에 들어가지 못하도록 한 정책 덕분이다.

'맑은 물에는 물고기가 살 수 없다' 라는 말은 그 사람의 자기 합리화일 뿐 제법 큰 놈들도 보인다. 산 정상이 주는 기쁨은 역시 조망이다. 2시간이 안 되는 산행으로도 서울시내, 저 멀리 강남 잠실, 일산, 인수봉, 많은 명소를 내려다볼 수 있다. 높이, 나무와 바위의 밀집도, 지세, 물... 많은 자연이 적절하게 조화를 이루는 북한산은 내게 있어 전국 산 중 종합점수 1위.

천마산 강의 시간에 자연공원의 하나인 군립공원의 예로 많이 사용했던 산이다. 남양주, 평내호평역으로 이동해서 긴 완경사지대를 지나 산등성을 타고 정상으로 향한다. 대부분 산에 다 있는 깔딱고개 부분 말고는 그리 힘들지 않다. 임꺽정이 활약했던 산 치곤 별로 험하지 않은 느낌. 가장 무난한 코스로 오른 까닭이다.

내려오는 길에서야 관군을 피했을만한 장소도 발견, 길을 잃기도 한다. 오를 때 산등성을 타고 쉽게 와서 내려가는 길이 더 힘들다. 겨우 도착한 임야지대 하단부에는 음식과 막걸리 맛이 정갈스러운 한정식 집이 있다. 음식점이 산을 생각나게 하는 경우는 처음이다.

그냥 느낌으로 경북에 있는 산인 것으로 생각했다. 내륙지방의 한이 깊이 배인 듯한 노래, "콩밭 매는 아낙네야 베적삼이 흠뻑 젖는다. 무슨 설움 그리 많아… 홀어머니 두고 시집가던 날…" 칠갑산이다. 업무차 고속도로를 오가다 이정표를 보고 오른 곳으로 충남 청양군에 있다. 몇 년 전인지는 모르겠으나, 아마도 계절상으로 이맘때였던 같다. 주차장이 산 중턱에 있어 오르기가 힘들지는 않았지만 콩밭도, 아낙네도 보이질 않는다. 비가 오락가락하는 장마철. 온 산에는 아낙네가 흘리는 눈물인 듯, 가녀린 비가 내리고 있었다.

남부지방에서 서울 오는 여러 갈래 길 중 중부내륙고속도로. 두어 번을 오가던 중 공통된 지점에서 탄성을 자아냈다. 웅장해 보이는 산세, 짙은 녹음이 넓게 펼쳐진 곳. 산 명칭은 달리는 차에서 알 수 없으나, '문경새재'라는 이정표가 보인다. 동서울터미널에서 2시간 거리. 탄성을 자아낸 그 산으로 가고자 했지만, 문경새재를 벗어날 수가 없다. 조선시대 때 영남 학생들이 서울로 과거 보러 갈 때 반드시 지나야 했던 길.

주차장을 지나 조금 더 올라가니 흙길이다. 신발을 등산 가방에 묶고 맨발로 걷는다. 지세는 아주 완경사, 가는 길목마다 볼거리, 들을거리, 먹거리. 산 속에서의 색소폰 소리, 색소 들어간 향토 막걸리가 일품이다. 산에 오를 생각은 없어진다. 산 아래가 참 좋은 곳.

100대 명산 오르기는 아직도 진행 중. 산에 오를 때마다 드는 생각은 높이에 관계없이 대부분의 산 정상까지 오르기는 쉽지 않다는 것이다. 중턱쯤에서 바라본 정상은 늘 힘든 존재. 그럴 때 정상을 쳐다보지 않고 지금 걷고 있는 지점의 땅과 그 주변에 어울리고 있으면 어느새 정상에 도달한다. 정상에서는 언제 그렇게 힘들었냐는 듯, 뿌듯함이 밀려들고 자존감은 상승한다.

산에는 정상이 있지만 사람의 삶에는 정상이 없다. 정상이 있는 산행은 한걸음 한걸음에 충실하면 도달하는 기쁨이 크지만 내려오는 허탈감도 있다. 인생은 이 세상을 떠나는 순간까지 존재하지 않는 정상을 향해 나아간다.

얼마나 힘든 일인가? 끝이 없으니. 그래도 나름의 정상을 설정해서 걷고 있고 또 그래야 한다. 자만하여 정상에 이르렀다고 하는 순간부터 고통스러운 내리막길을 가야하나, 정상이 없으니 그러지 않아도 된다. 보이지 않는 정상에 가장 수월하게 가는 방법은 지금 현재, 해야 할 일에 최선을 다하고, 나머지 시간은 즐기는 것이다.

보물섬

산 이름이 당연히 구름산인 것으로 알았다. 흐린 날, 특히 여름 그런 날엔 하늘과 산의 경계를 희미하게 만드는 구름을 흔하게 볼 수 있는 곳이기에... 수십 년 전과 변하지 않은 풍경.

더군다나, 아주 거대한 바위산이 병풍 친 것처럼 떡하니 버티고 있어 태어나고 자랐던 마을 이름도 구름 운(雲), 바위 암(岩), '운암마을'이다. 우리는 산 정상을 매봉이라 불렀다. 그런데 언젠가부터 그 산을 응봉산이라 부르고 정상에는 그 이름으로 표석까지 세워져 있다.

명칭이 무어 중요하랴! 나에겐 구름산으로 보이고 또 그렇게 부르고 싶다. 정상 부분인 매봉에 오르는 길은 크게 네 갈래다.

내가 살던 마을에서 접근성이 좋고 어린 시절, 생활의 일부였던 어둔골 방향에서 오르는 길. 동쪽 설흘산 방향과 남쪽 다랭이마을에서도 오르는 길이 있다. 그리고 산행 내내 바다와 산을 동시에 감상할 수 있는 서쪽 선구마을에서 오르는 길.

15여 년 전부터 펜션이 들어서고 다랭이마을도 유명해지면서 많은 등산객들이 구름산을 찾는다. 매봉에서 열 시 방향으로 보면 고동처럼 형상화된, 고동소리 들린다는 고동산도 있다.

남해, 남쪽바다. 그 중에서도 남해도는 당연히 바닷가의 정취, 자연산 생선이 철마다 그 종류를 달리하며 낚시꾼들을 유혹한다. 도다리, 농어, 병어, 전어, 감성돔, 물메기가 제철을 만나면 서울 어디에서도 흉내 낼 수 없는 먹거리를 제공해 준다.

바닷가이니 해수욕장도 유명세. 금산에서 내려

다보면 상주해수욕장이 왜 전국적인 명소인지 알 수 있다. 모래에서 자갈밭으로 변한 월포두곡, 나의 어린 추억이 있는 사촌...

80년대까지만 하더라도 엄청난 인파가 몰려왔다. 남해바다는 광활한 동해바다와 갯벌이 있는 서해바다의 모습을 모두 담고 있는 특징도 있다.

이런 천혜의 환경을 지닌 남해도는 낚시, 수영과 같은 다양한 바다체험과 제법 힘들기도 한 등산까지 할 수 있어 일 년 내내 즐길 수 있는 섬이다. 굽이굽이 넘어가는 마을마다 생업이나 소지역의 특색이 아주 다양하다.

역사적으로도 의미 있는 곳으로 구운몽, 사씨남정기의 저자인 서포 김만중이 유배생활을 하였던 노도와 이순신 장군이 순국하신 노량해전, 관음포 일대 그리고 일본군에 의한 태평양전쟁의 흔적, 한국전쟁과 지리산 영향권...

위성사진으로 한 눈에 볼 수 있는 남해도는 정말 환상적인 보물섬이다. 30여 년 만에 구름산 정상, 매봉에 오르니 내가 태어나고 자란 곳의 소중함이 더 절절히 다가온다.

강과 강이 만나는 두물머리

서울에서 동쪽 방향으로 갈 때마다 나타나는 강, 이정표에 있는 명칭은 북한강, 남한강... 그런데, 늘 그렇듯 대충 보며 지나가니 두 강의 구분이 되지 않는다.

북한강은 북한의 금강산 부근에서 발원하여 남한의 철원, 화천, 춘천, 가평, 양평에 이르는 강.
남한강은 강원 태백 대덕산에서 발원하여 영월, 단양, 제천, 충주, 여주, 양평에 이르는 강.

두 강은 이곳 양평 두물머리에서 만나 팔당댐

을 지나 한강으로 흘러든다. 북한강은 한강의 북(동)쪽에서 흐르고 남한강은 한강의 남(동)쪽에서 흐르는 것 맞다.

두 강과 한강을 연결해서 보니 새삼 정리가 된다. 물은 서울에서 지방으로, 북에서 남으로만 흐르는 것이 아니다. 지대가 높은 곳에서 낮은 곳으로 흐른다.

깔딱고개에서 쉬어가기

"시작이 반"은 어떤 일을 행함에 있어 시작의 중요성을 강조한 말. 건축설계만 하고 착공을 하지 않거나 머릿속으로 생각만 하고 실행을 하지 않은 상태, 엘리베이터를 타야 하나 아직 대기 상태. 이러한 경우 일의 진행 정도는 제로.

실제로 시작하면, 제로와 달성의 중간 영역에 있게 되니 수치 공간적 범위로 보면 시작하면 절반의 범위가 맞기도 하다. 조금은 억지스럽지만.

그러나 "시작이 반"이라는 말은 어떤 일을 독

려하는, 용기를 북돋우는, 미사여구에 불과하다. 시작과 완수의 끝 사이, 여러 단계에서 포기하는 일이 얼마나 많은가?

학위취득의 목표에서 수업과정은 이수하였으나 논문 작성과 통과를 못한 경우, 일정한 금액을 목표로 저축하다가 포기하는 경우... 일의 완수를 방해하는 장애물은 타인이 만들기도 하지만 주로 내가 만든다. 따라서 완수도 내 몫이다.

157킬로미터의 서울둘레길, 지난 1월부터 시작하여 7월 말 현재, 95킬로미터를 돌파했다. "시작이 반"이라고, 출발했으니 쉽게 갈 수 있을 것으로 기대했다. 생각보단 쉽지 않았고 아직도 많은 거리를 가야 한다.

남은 길로 보면 북한산 코스가 걱정되지만, 요즘 날씨와 지나온 거리로 보면, 웬만한 산행길에 어김없이 나타나는 작은 깔딱고개에 와 있다. 157킬로미터 전체 구간 중에 만난 '둘레길 깔딱고개'.

나중에 다시 시작한다면 도저히 못 할 것 같다.

하루 평균 15킬로미터 내외의 거리도 그렇지만, 평지대에 길게 늘어선 장애물, 콘크리트 또는 시멘트 포장길은 훼방꾼이다.

그러다가도 작은 숲 속에서 흙길을 만나면, 자연이 주는 상쾌함, 처음 가보는 길에 대한 호기심과 반가움으로 만족해한다. 힘든 단계이지만 그 힘으로 가야 한다.

깔딱고개,
높이가 제법 되는 산에는 두 곳, 세 곳인 경우도 있다. 가파른 경사도를 오르려면 숨이 깔딱깔딱하는 고개. 숨이 넘어가고, 원하지 않은 산행이면 욕도 나오지만, 호흡을 가다듬고 한발 한발 나아가면 어느새 고개를 넘어간다.

그러고는 좀 쉬어가면 좋을 것을. 그 언젠가 산행 중 쉬는 것이 용납되지 않았던 시절, 깔딱고개 넘어도 죽을 듯이 헉헉거리며 정상을 향해가는 나를 향해, 후배가 하는 말,

"선배님, 산하고 싸우러 왔습니까?"

그때는 그래야 산에 가는 맛이었고 또 그러고 싶었다.

이제는 깔딱고개를 만나면 쉬어가고 싶다.
둘레길 깔딱고개도,
삶의 깔딱고개에서도.

남한산

강, 북한강이 있으면 남한강이 있다. 나에겐 북한강이 훨씬 더 친밀하다. 청량리역에서 동쪽, 강원도 방향의 기찻길이 북한강을 따라 이어지는데 그곳은 내 20대의 젊음의 낭만과 의무수행을 위해 오가느라 동선이나 장소가 익숙하기 때문이다.

정태춘, 박은옥의 <북한강에서>도 북한강 존재를 알리는데 한몫했다. "~~ 흘러가도 또 오는 시간과 언제나 새로운 저 강물에 발을 담그면 강가에는 안개가 안개가 천천히 걷힐 거요"

산, 북한산이 있으면 남한산도 있는가? 조금 어색하다. 남한에 살고 있는데 남한산? 어릴 적부터 사고가 남한, 북한으로 구분하는 것에 순응된 탓이다. 서울 온지 여러 해 이후에야 알게 된 사실, 여러 의미나 명칭을 구분하는 기준에는 한강이 있었다. 즉 한강을 기준으로 강북과 강남, 북한강과 남한강이 있듯이 한강을 기준으로 북한산과 남한산이 있는 것이다.

남한산이 어디에 있는지 알지 못했다. 알려고 노력하지 않은 것이 더 정확한 표현일 것이다. 그런데 남한산성은 방송이나 친구들 모임을 통하여 익숙한 명칭 아닌가!

10여 년 전부터 이 산성에 올랐고, 남문과 서문, 서울을 조망할 수 있는 지점만 다녔다. 그리고는 어느 지역이든 산행 후의 유사한 코스, 즐비한 음식점과 술이 빠질 수 없다. 내가 오른 산, 지역의 의미나 모습을 찾으려는 노력을 별로 하지 않은 것 같다. 눈에 들어오는 것만 본 것이다.

성의 화려함보다는 쓰라린 역사가 더 다가오는

남한산성이, 남한산을 이용한 산성임을 알고는 다시 찾아보고 싶었다. 이번에는 그동안 가보지 않았던 북문에서 동문 방향으로...

놀라운 사실을 발견했다. 내가 본 성 중에 평지로부터 접근하기가 가장 험한 산에 위치한다는 것. 북문에서 동문에 이르는 길로는 오랑캐들도 침략을 시도하지 못했을 듯싶다. 성의 비밀 통로인 암문, 질 좋은 소나무와 높은 하늘이 맞물리는 배경, 호랑나비... 운동 목적으로 그냥 지나치면 절대 인지할 수 없는 장면과 장소들. 속살이 조금씩 보이기 시작한다.

사람간의 관계도 관심(關心)가지고 정확히 보지 않으면 볼 수 없는 게 많다. 배우자가, 부모 자식이, 친구가, 회사동료가 왜 저런 말을, 행동을 하는지... 그냥 피상적인 관찰 끝에 내가 툭 던지는 말 한마디가 상대에게 큰 상처가 될 수 있고, 나는 삶에서 중요한 관계를 잃을 수도 있다.

관심을 가지고 보아야 한다. 궁예처럼 내 맘대로 상대를 판단하는 것이 아니라 내가 그의 입장이 되어 보는 것이다. 그의 입장에서 생각하는 역지사지로 끝나는 것이 아니라, 가능한 상황을 설정해서 그의 입장에서 행동해 보아야, 그제야 이해할 수 있다.

운동 목적만이 아니라 관심을 가지고 자연을, 역사를 대하니 이전보다 더 흥미로운, 재미나는 산행이 된다.

한옥, 우리나라의 자랑

90년대 중반 이후 10년 이상을 거주했던 북촌마을을 찾았다. 서울은 비탈길 주택지대 뿐만 아니라 도시중심부도 개발사업이 지금도 진행 중이지만, 이 곳은 큰 변화가 없다. 일부 한옥이 좀 더 깔끔하게 대수선되고 일부 상가가 용도변경된 것 말고는 예전에 거주했던 당시의 건물 그대로다. 오히려 변하지 않은 모습에 편안함을 느낀다.

변한 것은 오가는 사람들의 수, 모습들. 예전보다 더 무더운 날씨인데도 여성들 위주로 많은 사람들이 밝은 모습으로 오간다. 명절도 아닌데 한

복을 차려 입은 이도 많다. 궁금해서 그들 옆으로 가 본다. 아, 참 둔한 나. 그들이 사용하는 언어는 일본어, 중국어. 외국인들이 인사동을 넘어 북촌마을까지 그것도 여름, 평일에 다닐 거라곤 생각하지 못했다.

그들에게 북촌마을은 어떤 의미가 있을까? 물어보지 않았으니 정확하게 알 수는 없다. 나 같은 경우는 몇 군데 되지 않지만, 가 본 해외 여행지 중 캐나다 록키산맥 말고는 그 지역의 특성이 강렬하게 다가오는 곳이 별로 없다. 더군다나, 그 나라의 도심은. 북촌마을에 형성되어 있는 상가를 보니 꽤 많은 이들이 지속적으로 다녀가는 것 같다. 내국인들이 많은 것은 알았는데, 외국인까지.

아마 우리나라 고유의 주택 건축 양식, 한옥의 영향이 큰 것 같다. 목조 기와지붕. 한옥 전문가는 아니지만 북촌마을의 한옥구조인 기둥, 대들보 등은 일반적인 나무와는 분명 다르다. 굵기, 내구성 등이 확연히 구분된다. 기와 또한 마찬가지. 그런 주택들이 좁은 골목길을 사이에 두고 밀집되어 있으니 더 매력 있는 것 같다. 겨울철 눈 내린 주택의 지붕 풍경은 우리나라 최고의 장소.

한옥과의 처음 인연은 아주 자그마한 가회동 ㄱ자형 한옥. 작은 규모이니 별 볼품은 없었지만, 마당에 심어져 있는, 꽤 많은 단감을 내어주던 단감나무는 가을 내내 간식거리로 좋았고, 도심 속에서 시골 향기를 맡는 기분을 주었다. 마당 위로 열린 하늘도 볼 수 있었던 공간. 조금 더 넓은 ㄷ자형 한옥으로 옮겨서는 기둥, 대들보에 니스칠까지 하고 누워서 그것을 보고 있으면 정말 흐뭇한 넉넉함이 절로 들었다.

무엇보다 비 내리는 여름철, 마루에 작은 상 놓고 앉아 처마에서 떨어지는 빗물보고 빗소리 들으며 나누는 막걸리 한 잔이 걸작이다. 제법 넓은 마당에서 친척, 회사동료, 고향학교 후배들과 벌이는 삼겹살 파티도 서울하늘 아래 쉽지 않은 장면. 어머니께서는 "왜 시골집 같은 곳에서 사느냐?"라고 하셨지만, 난 도시생활의 피로를 그런 집에서 풀고 싶었던 것 같다.

주택 중 아파트의 비율이 80프로가 넘는 서울 시내의 구도 있다. 재개발, 재건축이 더 진행될 것이니 그 비율은 더 증가할 것이다. 그래서 상대적인 희소성, 한옥은 가치가 더 빛난다. 굳이 다른 주택의 수와 비교하지 않더라도 자연친화적인 건물, 대지 내의 공간 활용, 하늘과의 소통, 이웃집 음식 냄새를 맡을 수 있는 골목길... 한옥은 분명, 최고의 사람 사는 공간이다.

_김춘수

내가 그의 이름을 불러주기 전에는
그는 다만
하나의 몸짓에 지나지 않았다.
내가 그의 이름을 불러주었을 때
그는 나에게로 와서
꽃이 되었다.
내가 그의 이름을 불러준 것처럼
나의 이 빛깔과 향기에 알맞은
누가 나의 이름을 불러다오.
그에게로 가서 나도
그의 꽃이 되고 싶다.
우리들은 모두
무엇이 되고 싶다.
너는 나에게 나는 너에게
잊혀지지 않는
하나의 눈짓이 되고 싶다.

두울.

가치

“

관계를 잘 맺고 유지하는 방법에 대한 고민에 대하여 요즘 찾은 해답은 “항상 평온하고 편안한 내 맘을 내가 소유하는 것”. 그래야 여러 경로로 형성되는 관계의 상대를 정확하게 볼 수 있다.

”

무소유

버리고 비우면 참 시원하다.

아침에 일어나서 비우는 생리작용,
음식 절제와 강력한 운동으로 태워 버리는 내장 지방...

옷장 깊숙이 자리하고 있는 빛바랜 옷, 냉장고의 몇 달 묵은 음식재료들, 신발장의 기능상실 신발들, 수십 년 소장하고 있는 읽지 않는 책들... 과감하게 정리해서 쓰레기집하장에 버리고 오면 그렇게 시원할 수가 없다.

노여움, 슬픔... 내 맘을 병들게 하는 감정들을 버릴 때는 신선이 되는 느낌이다. 때론, 사회적 지위도 과감하게 던져버리는 것이 필요하다.

버리고 비우면 또 채워진다.
설산 등반을 하지 못해 아쉬운 겨울도 어느덧 끝자락. 버리고 비운 자연도 이제 다시 채워지기 시작한다.

멋진 친구

중학시절 친구를 다른 부산친구 병문안 길에 만났다. 그런데, 양복차림에 신발이 슬리퍼ㅎㅎ

물어보니, 안동에 문상 갔다가 구두를 분실했단다. "그럼 다른 구두라도 신고 오지"라고 했더니, 그 친구 왈,

"이 사람아, 그러면 온통 엉망이 되지 않겠는가? 나 혼자 불편하면 되지."

캬, 멋진 내 친구!

불편한 '양보'

오늘 또 전철에서 젊은 여성이 자리를 양보한다. 벌써 다섯 번째다. 그 여성의 나이를 가늠하기가 어렵지만 대충 30대 초반 정도로 보인다.

'휴ㅠㅠ 왜 그럴까? 가방 메고 서서 무얼 들여다보고 있는 내 모습이 안쓰러웠던 걸까? 설마 보호받아야 할 노인으로 본 건 아니겠지.'

양보 받고도 기분은 좋지 않고 쓴 웃음만...

눈비까지 오는 날, 아픈 친구 소식에 가뜩이나 우울한 하루.

책 속의 좋은 문장

재학 중인 학교 앞에서 생활하는 첫째 아들이 주말에 가끔 집에 온다. 식탁에 앉아 술 한잔 나누면서 대화 중에 책 이야기를 하게 됐다. 내가 산문집을 읽고 있다 했더니, 본인은 시집을 샀다고 한다.

시집? 작가는? 둘이 책 선정을 의논한 적이 없는데 동일 작가이다. 놀랍기도 하고, 반갑기도 하고... 무엇보다 아들과 어떤 감성을 공유하는 듯한 기분이 들어 참 좋았다.

류시화 님의 「새는 날아가면서 뒤돌아보지 않는다」에는 한번 읽고 지나치기엔 너무 아까운, 작가의 진한 삶의 경험이 느껴지는 글들이 많다. 참 감사한 일이다. 맘을 씻어주는, 몇 문장을 옮겨본다.

1. 삶은 자주 위협적이고 도전적이어서 우리의 통제 능력을 벗어난 상황들이 펼쳐진다. 그럴 때마다 자신만의 영역으로 물러나 호흡을 고르고, 마음 을 추스르고, 살아갈 힘을 회복하는 것이 필요하다(퀘렌시아).

2. 보기 위해서는 지금 여기에 존재해야 한다. 너의 마음은 거의 언제나 다른 곳에 가 있다.

3. 마음의 하인이 아니라 마음의 주인이 되는 것만큼 큰 기쁨과 평화는 없다. 자신의 감정 중에서 건강하고 긍정적인 것만 선택해야 한다.

4. 고통의 대부분은 실제의 사건 그 자체보다 그것에 대한 감정적 반응으로 더 심화된다(두 번째 화살 피하기).

5. 인생은 필사본이 아니라 각자 스스로 써 나가는 책이다.

6. 우리가 시작해야 하는 가장 창조적인 행위는 삶의 매 순간을 붙잡는 일이다.

7. 새는 알에서 나올 때 두 다리로 힘껏 껍질을 깨고 나온다. 이때 사람이 껍질을 깨 주면 다리 힘이 부족해서 잘 날지 못하고 도태된다고 한다.

8. 나무에 앉은 새는 가지가 부러질까 두려워하지 않는다. 새는 나무가 아니라 자신의 날개를 믿기 때문이다.

9. 인간에 대한 가장 나쁜 예의는 '너는 온전하지 못하기 때문에 내가 바로 잡아야만 한다' 는 자세이다. 행복한 관계는 비평이나 조언이 아니라 상대방의 '순수 존재' 를 있는 그대로 받아들일 때 찾아온다.

10. 목적지가 우리에게 주는 가장 큰 선물은 그

곳에 도달하기 위해 거쳐야 만 하는 여정이며, 그 여정이 주는 성장이다.

싸움의 편

대로변 뒷 길, 차 두 대가 겨우 비켜갈 수 있는 골목길에는 맛집 몇 곳이 자리한 탓에 오가는 사람도 제법 있다. 커브길에서 갑자기 차량 두 대가 맞닥뜨린다. 그 상태로 잠시 정지. 둘 다 물러날 기미가 보이질 않는다. 어이쿠!

잠시 후 조수석에서 50대 후반의 여성이 내려 반대편 차를 향해 뭐라 한다. 그러자 반대편 차 조수석에서 30대 초중반으로 보이는 여성이 내려 아예 쌍욕을 해댄다. 듣는 사람도 민망하다. 상황은 심각. 양쪽 운전석에서 남성이 내린다. 아마

양쪽 다 부부인가 보다.

욕을 들은 50대 남성이 30대 여성에게 훈계한다. 그러자 이번엔 가만있던 30대 남성이 여성과 마찬가지로 욕설을 날린다. 분을 참지 못하는 50대 남성. 골목이 시끌벅적 아수라장이다. 고교시절엔 친구들끼리 주먹싸움하면 구경하곤 했는데 이젠 싸우는 광경은 딱 질색이다. 30대 부부는 그렇게 같이 욕해서 서로에게 힘이 되었을까? 부부 간의 좋은 관계 유지를 위하여 30대 남성은 굳이 나서야 했나?

나이 들수록 그저, 그저 양보가 필요하다. 희미하게 보이고 들리면, 안 본거고 듣지 않은 것이 맞다. 오늘은 비온 뒤라 미세먼지 없이 서울공기도 꽤 신선하다.

맷집

매를 견디어 내는 힘이나 정도를 맷집이라 한다. 맷집은 권투선수에게만 필요한 것이 아니다.

사람이나 짐승을 때리는 매는 막대기, 회초리, 주먹만 있는 것이 아니다. 언어, 상황 등 여러 모습도 매가 될 수 있다. 그 어떤 매든 맷집으로 잘 견뎌내어야 한다. 맷집이 약하면 고통이 뒤따른다. 맷집이 강해야 아프지 않고 건강한 삶을 유지할 수 있다.

매를 맞지 않는 사람은 없다. 그러나 매를 견디

어 내는 힘이나 정도는 사람마다 다 다르다. 아마 맷집이 가장 강한 부류는 정치인이지 싶다. 요즘 같은 선거철엔 언어폭력이 난무하는데도 그들은 잘 웃고 견뎌낸다. 그런 맷집들이 있으니 정치인이 될 수 있었는지도 모른다.

맷집이 강하다고 무조건 좋은 것은 아닌 것 같다. 그 속에 병이 생길 수도 있으니 말이다. 맞아야 되는 상황이면 매 맞고 아파하는 편이 낫다. 무조건 견디는 건 미련한 일이다. 유연한 맷집이 필요하다. 때론 매 맞아 아픈 것을 적절하게 표현하면서 중심은 잃지 않는…

유연한 맷집.

말이 통하는 친구, 내 몸에 맞는 술 한 잔이 필요한 이유이다. 그런데 아직 난 그 술을 찾지 못했다. 임창정의 소주 한잔이 생각나는 밤.

인생에 중요한 두 가지

조정래 님의 "풀꽃도 꽃이다"를 읽고 '비교'와 '내 인생의 주인공'에 대해 생각해보았다.

비교.

다른 사람과의 비교에는 두 가지 형태가 있다. 하나는 나와 남을 직접 비교하는 것이고, 다른 하나는 내가 아닌 나로 만들고 싶은 주변 사람을 남과 비교하는 것이다.

전자는 좋은 비교를 통하여 나를 성장시킬 수도 있겠지만, 비교로 발전 동력을 얻지 못하고 스스로 불행을 키우는 어리석은 경우가 많다. 후자는 나뿐만아니라 내가 될 수 없는 나, 그 주변인에게도 큰 상처와 불행을 준다. 그 주변인이 내가 바라는 대로 되리란 결코 쉽지 않다. 오죽하면 작가는 비교가 인간의 가장 큰 어리석음 중의 하나라고 했겠는가? 백해무익한 비교를 하지 않는 것은 어렵지 않다. 오직 한 번뿐인 내 삶에 충실하면 된다.

내 인생의 주인공.

각종 시험이나 진학, 대선까지도 재수가 가능하지만 인생은 재수가 없다. 한 번뿐인 내 삶은 내가 설계하고 만들어야 한다. 그러나 더불어 함께하는 삶 속에서 다른 사람의 영향을 받지 않고 내 삶을 주도적으로 영위하기란 참으로 어려운 일이다.

주인공은 사회 속에서의 주연배우를 말하는 것이 아니다. 어떤 상황, 역할을 하더라도 나는 주인공이 될 수 있다. 그건 내 삶이니까. 중요한 것은 류시화 님의 글처럼 내 마음의 하인이 아니라 주인이 되는 것, 그것이 인생에서 주인공으로 사는 모습이지 싶다.

희로애락의 내 마음, 기쁨과 노여움, 슬픔, 즐거움을 모두 내 것이라 여기며 한번뿐인 내 연극을 내가 기획하여 연기하는 것이 최고의 인생 아닐까?

봄비의 서정

농부에겐 사계절 내리는 비 가운데 봄비가 제일 반갑다. 봄농사는 물이 없으면 아예 할 수가 없다. 저수지에 가득찬 물을 보면 맘이 넉넉해진다. 어릴 적, 내가 살던 마을에선 지금쯤이면 보리수확을 한창 할 시기이다. 지금은, 원래 밭작물이던 마늘로 가득 차 있지만... 농부는 보리수확의 기쁨과 함께 벼농사를 시작하는 설렘에 흥이 난다.

농토를 갈아엎고 물을 대어 못자리를 만들어서 볍씨를 뿌리고, 자라난 모로 모내기를 하는 일련의 과정에서 물은 필수적이다. 시간이 지나고 벼가 일정수준까지 성장하는 과정에서도 물은 생명과도 같아 아전인수로 이웃 간에 싸움도 불사한다. 하늘을, 이웃을 원망하기도 하면서 물을 이용하여 수확한 쌀은 가족의 든든한 식량이 되지만, 그 전에 판매하여 획득한 금전은 자식들의 뒷바라지 밑천이 되었다. 아득한 이야기지만...

콘크리트 빌딩 사이로 보이는 서울 남산에 내리는 봄비는 "비 오는 날의 수채화"를 떠올리기에 딱 어울린다. 여러 색의 물감으로 그린 듯한 풍경은 바쁘게 살아가는 일상에서 잠시 여유를 주고 누구나 다 시인이 되게 한다. 그래서인지 봄비를 소재로 한 시, 노래가 많다.

어제, 아주 친한 친구가 다른 공간에서 언급한 시. 이수복 님의 <봄비>. "이 비 그치면 내마음 강나루 긴 언덕에 서러운 풀빛이 짙어 오것다." 시인은 왜 풀빛을 슬프게 표현했을까?

봄비는 지역이나 사람에 따라 여러 모습으로 다가오는, 한 해의 비 중에서 제일 소중한 단비이다.

반려견 짱구

짱구는 6년째 같이 살고 있는 요크셔테리어(요키) 품종의 애완견 애칭이다. 햄스터로부터 시작해서 병아리, 금붕어, 그리고 요 녀석까지 모두 둘째 아들의 작품이다. 어릴 적 나도 뱀으로부터 새끼 새를 보호한다는 명분으로 나무에 지어진 새의 집을 들고 와서 집에서 사람이 먹는 밥을 먹이다, 에고, 양지바른 곳에 묻어주어야 했던 기억으로 보면 둘째와 난 그런 점에서 많이 닮았다.

평일 저녁, 오랜만에 짱구랑 산책을 한다. 강아지 줄을 꺼낼 때부터 짱구는 꼬리를 흔들며 요리조리 어쩔 줄을 모른다. 밖에 나가선 머리를 쳐들고 빠르게 걷는 모습이 당당하기까지 하다. 가다가 어린아이들이 있으면 경계심이 없는지 짖어댄다. 주위에 폐를 끼칠 것 같아 노심초사하지만 활기차게 걷는 모습을 보니 흐뭇함에 미소가 절로 지어진다.

둘째 아들이 처음 분양을 조를 때 아내는 반대했지만 난 별 생각 없이 찬성했다. 그런데 녀석이 커가면서 할 일은 점점 더 많아진다. 하루 일과의 일부는 짱구한테 할애해야 한다. 아들이 바빠지니 그 일은 자연스럽게 내 몫이 되고 말았다. 그러나 결코 쉬운 일이 아니다. 당연히 사람 사이의 소통만큼 되기가 힘들다. 수면방해도 뒤따르고 이틀 정도 집을 비워 병원에 맡기면 아무것도 먹지 않는다. 출근할 때 짖는 것은 참기 힘들어 소리도 질러본다.

그래도 우리와 같은 생명체 아닌가! 요즘은 맘을 고쳐먹고 출근할 땐 먼저 머리 쓰다듬으면서 회사 다녀 오겠노라 하니 놀랍게도 짖지 않고 모른 척, 밥 먹는 시늉을 한다. 목욕할 때도 잘한다고 하면 가만히 있는다. 칭찬은 고래를 춤추게 하지만, 짱구를 온순하게 하고 소통이 가능하게도 한다.

짱구의 매력은 무엇보다 일관성. up-down없이, 단 하루의 예외 없이 퇴근하면 뭐가 그리 반가운지 현관에서 벌렁 누워 반갑게 꼬리 흔든다. 한잔 술에 거실에서 자고 있으면 새벽녘이 되기 전에 와서 깨운다. 짱구는 생활의 일부분이 되어버렸다. 그래서 반려견이라고 하나 보다.

관계(關係)는 곧 삶이다

경쾌한 기타소리와 함께 들려오는 노래, 노랫말.

"우리는 말 안하고 살수가 없나. 날으는 솔개처럼~~ 수많은 관계와 관계 속에 잃어버린 나의 얼굴아~~" 나를 자각하지 못하게 만드는 관계, 삶을 윤택하게 하는 관계. 삶은 온통 사람과 사람과의 관계로 얽혀 있다.

나와 국가권력자, 업무공간 내 구성원, 부부, 부모자식, 형제자매, 친구, 거래 상대방 등 사람 간의 관계 자체가 곧 삶이다. 토지, 자동차와 나와의 관계도 사람과 사물과의 관계를 넘어 사람 간의 관계이다. 타인이 그것을 내 것으로 인정하는 사회적 합의가 있어야 내 것이 되는 것이니 그렇다. 이렇듯 삶 자체가 관계이다 보니 관계가 좋아야 행복한 삶을 누릴 수 있다.

관계를 잘 맺고 유지하는 방법에 대한 고민에 대하여 요즘 찾은 해답은 "항상 평온하고 편안한 내 맘을 내가 소유하는 것". 그래야 여러 경로로 형성되는 관계의 상대를 정확하게 볼 수 있다. 정확하게 보아야 그에 맞는 대응이 가능하다. 비판이 필요할 때와 양보, 수용해야할 때를 구분할 수 있다. 평정심이 무너지면 좋은 관계 설정에 실패하게 된다.

편안한 맘을 가지려면 우선 육체적으로 건강해야 한다. 아픈 데가 없어야 하지만 과체중도 문제다. 작년 말에는 몸이 무거워 일주일에 한두 번은 2층까지도 승강기를 이용한 적이 있다. 그럴 때마다 한심하다는 생각. 감량 시도. 최근, 2개월 만에 식사조절과 운동으로 8~9킬로그램을 감량했다. 많이 먹고 싶으면 더 많이 운동하면 된다. 내가 잘

하는 것 중 하나가 체중감량이다. 2013년에는 두 달 만에 13~15킬로그램을 성공한 적이 있다.

물론, 정신적인 건강도 필요하다. 맘을 다스림에 있어 성인이나 현인들의 가르침은 큰 도움이 된다. 그 가르침은 책이나 인터넷에 무수히 많다. 석가모니를 비롯한 성인, 철학자, 명상가들이 이미 차고 넘치도록 엄청난 가르침을 주었다. 그러나 그것은 내 것이 아니다. 많은 글들이 내 것이 되어 내 맘을 편하게 하려면 내가 스스로 글쓰기를 해보는 것이 필요한 것 같다는 생각이 들었다. 글은 맘에 들지 않으면 지우면 된다. 내가 요즘, 분수에 넘치지만 글을 쓰는 이유이다.

인연

인연은 대부분 학교, 직장, 고향 등의 연결고리를 통하여 형성된다. 반면, 그냥 스쳐지나갈 수도 있었지만 특별한 감정, 계기 등에 의하여 관계가 오래 지속되는 인연도 있다. 전자는 그 연결고리를 벗어나면 거부할 수 있는 인연이 되지만 혼자 사는 삶이 아니니 그리 쉬운 일은 아니다. 후자는 처음부터 구속받지 않는 관계이므로 그 관계가 오래됨에는 무언가 특별한 것이 있다. 남녀 간의 경우는 이 관계가 발전하여 가정이라는 울타리를 만들기도 한다.

특별한 연결고리가 없었지만 지속적으로 만나고 있고 앞으로도 그러고 싶은 분들이 있다. 사당역 남서쪽에 위치한 남현동에 머물 때다. 학위논문 준비 시기였는데 새벽 1시부터 오전 8, 9시 사이에 논문 작성의 집중도가 제일 높았다. 그러려면 밤 9시 정도에는 잠을 청해야 했다. 일도 해야 하니 주어진 자유로운 시간은 저녁 7시에서 9시 정도.

초저녁, 간단한 술 한잔. 초저녁 혼술은 본인도 조금은 민망하지만 음식점 입장에서도 싫은 일이다. 손님이 많았지만, 부부 사장님이 흔쾌히 반겨주신 곳, <맛치킨>. 수제치킨이라 해야 하나, 상호 그대로 치킨이 참 맛있는 곳. 한 번씩 같이 온 지인들의 맛 만족도가 꽤 높다. 치킨 튀김옷 반죽처리에 나한테만 알려주신, 그 어디에서도 흉내 낼 수 없는 영업비밀이 있다.

첫 만남부터 소통이 된다. 소통의 기본은 대화. 어릴 적부터 한학을 공부하여 하실 말씀도 많지만 잘 들어주신다. 특별요리, 닭발 우려낸 육수로 요리한 감자탕은 그 다음날 아침, 영화 <식객>의

순종임금이 생각날 정도. 판매하지 않는, 직접 기른 야채와 지방에서 보내온 칡즙, 이름 모를 그 무엇을 아낌없이 내어주는 정이 넘친다. 집안 큰 형님, 작은 누님을 만나는 느낌을 주는 곳이다.

한잔했으니 노래도 한곡 해야지. 시간 제약으로 오래할 수 없으니 혼자 30분만. 돌고 돌아 만난 곳, <짱노래방>. 첨으로 지상노래방에 가봤다. 바깥구경이 가능하고 비 내리는 걸 보면서 노래할 수 있다. 부부 사장님의 배려, 30분 노래와 물 한 병에 만원. 노래를 좋아는 했지만 워낙 박치라 부르는 것은 자신이 없었다. 이제는 이문세를 넘어 이승철, 임창정까지 가능하다. 내가 부르고 싶은 노래를 부를 수 있다는 것은 참 행복한 일이다.

고향사람들 외에 나이 많은 사람들에게 형이란 말은 한 적이 거의 없다. 물론, 선배님이라고는 부른다. 객지에서 처음으로 형님이라고 호칭한 사장님. 그만큼 주고받는 대화에 진심이 묻어난다. 오랜 직장을 은퇴한 후 개업하셨고, 처음 하시는 일이지만 시설관리가 다른 곳하고 큰 차이가 난다. 여사장님의 큰소리로 반겨주는 웃음도 여전하다. 이름 그대로 사람도, 시설도 짱!이다.

살아가며 특별한 연결고리 없이 만났어도 오래 가는 인연이 있다는 것 또한 소중하고 행복한 일이다. 남현동, 관악산 끝자락에 있는 <맛치킨>과 <짱노래방>은 늘 가보고 싶은 곳이다.

퀴즈에 담긴 인생 철학

언젠가 지인이 물었다.

"사막에 사람은 나 혼자인데 세 마리의 동물이 같이 있다. 원숭이, 새, 뱀. 사막을 빠져나갈 때, 세 동물 다 같이 갈거냐, 선별할거냐? 방법은 또 어떻게 할 것이냐?" 대충 이런 질문. 별 고민 없이 곧바로 대답했다.

같은 질문을 내가 여러 지인들에게 해본다. 생각하지 못했던, 기상천외한 답변들. 참 재미있다. 원숭이에 대해서는 평범하다. '손잡고 간다, 그냥 알아서 간다' 정도. 새는 '어깨나 머리에 얹어서

간다, 정찰하러 먼저 날려 보낸다, 귀찮다' 등등. 뱀은 다양하다. '싫다, 목에 두르고, 모래주머니에 넣어 못나오도록 입구를 꽁꽁 묶어서' 등등... 사람마다 특정 동물과 관련한 특징이 느껴진다. 이런 생각을 한방에 날려버리는 대단한 답변, 원숭이 목에 뱀 두르고 원숭이 머리에 새 얹어서 본인은 원숭이 손만 잡고 간다. 원숭이 어깨에 새를 얹으면 뱀이 새 먹을까 봐 그렇단다.

내 대답. 원숭이는 그냥 알아서, 새는 손에 꼭 쥐고, 뱀은 싫으니 저 뒤에 두고 따라오든지 말든지... 난 아마 원숭이는 지능이 있고 내 의도대로 될지에 대한 확신이 없었던 것 같다. 새는 어릴 적부터 보호의 대상이었다. 산에 소풀 베러 가서 본, 뱀으로부터 공격받을 것 같은 새끼 새를 두고 올 수가 없어 새집 자체를 집에 가져와 채소에 붙어 있는 벌레를 잡아 먹이기도 했다.

뱀에 대한 기억은 동물 중 최악이다. 초등학교 시절, 외가의 영향으로 고개 넘어 다른 마을에 있는 천도교당에 다닌 적이 있었다. 집에 오는 길에 뱀이 개구리를 공격하는 것을 본 이후 뱀은 어린 아이의 말도 안 되는 주적이 되었다. 봄 여름, 논두렁에 산에 도로에 그 종류도 다양하게 참 많았다. 밭일 하시다가 목숨을 잃은 분도 계셨다. 어린 아이와 뱀은 만날 때마다 싸웠다.

원숭이는 배우자, 새는 자식, 뱀은 재물이라고 한다. 누가 지어낸 동물선택을 통한 심리테스트인지는 모르나 각자의 인생철학을 엿볼 수 있어 그럴듯한 거 같다.

고등학생인 둘째 아들에게 '어린이날 선물 뭐 줄까?' 했더니 말수 적은 아이, 씨익 웃고 만다. 대학다니는 첫째 아들, "아빠~~, 그 사막 언제 끝나나요?"

세상을 살아가는 최소한의 예의

1. 영동대교와 청담대교 사이 수서 방향 우측 진입로, 1킬로미터 정도 한 줄로 길게 늘어선 차량 행렬. 난데없이 좌측에서 씽~ 달려와서 새치기하며 앞으로 비집고 들어온 차. 이 者아, 그건 배짱이 아니야. 너야말로 청산 대상!

2. 시속 80킬로미터 강변북로, 갑자기 앞차 창문 밖으로 홱 던져지는 꺼지지 않은 담배꽁초. 피우는 건 네 자유다만 마무리는 제대로 해야지! 내가 조금만 젊었어도 너 잡으러 갔다.

3. 동해 두타산 가기 위해 들른 찜질방, 큰대자로 누워 드르렁드르렁 쉴 새 없이 코고는 아저씨. 등산객도 아닌 것 같은데 집에서 주무시지, 왜 여기서?

4. 사우나, 초벌 씻음 없이 탕에 들어와 온기를 느끼는 듯, 그윽하게 눈감고 있는 者. 넌 화장실 안가냐? 한방만 날릴 수 있다면...

5. 전철 안, 회사일은 혼자 다하는 듯 잠실역에서 사당역까지 가는 내내 휴대전화 붙들고 여기저기 연속 통화하는 남자. 그만 좀 하시죠. 그대가 아니더라도 회사는 잘 돌아갈 겁니다.

6. 복잡한 전철 안, 주황색으로 요란하게 표시된 임산부석에 앉아 있는, 여성들이 쳐다보는데도 당당하게 앉아있는 쩍벌남. 이 者은 분명 우주에서 왔을 게다.

7. 밤12시, 바이올린 소리 나는 아파트 단지. 연주소리도 듣기 좋은 시간이 있죠. 사람 좀 삽시다. 목숨까지 위태로울 수 있어요.

8. 헬스장, 런닝머신에서 달리고 있는 두 여인의 끊이지 않는 수다. 다리와 팔이 운동하고 있는데, 굳이 입까지 수고할 필요가 있나요?

9. 산책길, 강아지 끈 풀어놓고 뒤따라가는 者. 그것도 두 마리나. 그냥 아파트 단지를 몽땅 매수하시죠.

10. 부산에서 서울 가는 기수별 동문회 행사버스 안, 혼자 3곡 잠시 쉬었다 또 3곡 부르는 노선배. 그것도 흘러간 노래로. 저도 노래 잘합니다. 장르도 다양하게요.

11. 기분 좋게 시작한 삼겹살 파티. 배고픈지 기다리지 못하고 자기 젓가락으로 고기를 뒤집고 또 뒤집고. 김치는 고양이가 쥐 다루듯 이리저리 집어보고 그러곤 하나를 입으로. 저기요, 고기는 집게로 한두 번 만 뒤집으면 되고요, 김치는 딱 하나만 집어서 잡수세요.

에고, 회사 야유회로 간 소양강에서 나도 예의를 지키지 못했다. “해~저문 소양강에~~~♪”

잣대가 필요한 경우

사람을 새로 만날 때 저 사람이 나하고 맞는지, 조건이 어떤지를 따지지 않는다. 어머니께서도 늘 "별사람 없다. 다 네가 하기 나름이다"라고 하셨다. 특별한 기준 없이 만나도 살다보면 친하게 되는 사람의 부류가 자연스럽게 형성된다. 단순히 아는 사람이 아닌 평생의 친구가 되기도 한다.

사람을 만남에 있어 어떤 차별을 하지 않는 것이 맞다. 그 사람과 내가 소통이 되고 어울리는지는 처음부터 판단할 수가 없다. 섣부른 판단은 오히려 많은 기회를 날려 버릴 수가 있다. 그러나 어떤 경우에는, 선택을 꼭 해야 하는 경우에는 상대를 판단해 봐야 한다.

오늘은 대통령선거일이다. 대한민국 대통령은 「헌법」대로 하면 그렇지 않다고들 하지만 막강 권력자다. 무엇보다 내가 낸 세금, 국세를 집행하는 행정부의 수반이다. 그와 나는 직접 만날 수는 없지만 내 생활의 많은 부분에 개입한다. 그는 그 자리에 앉혀보고 선택할 수가 없다.

누구를 선택할 것인가? 이 사람을 선택함에 있어서는 기준이 필요하다. 출신 지역, 학교, 어떤 진영이 아닌 무언가의 기준이 필요하다. 첫째 아들은 벌써 투표를 했다고 한다. 어떤 기준에 의했냐고 물었더니 다른 부문도 봤지만 결정적인 것은 '외교'였다고 한다. 후보뿐만 아니라 그 주변 세력들도 같이 판단했다고. 기준을 가지고 보는 것이 참 대견스럽다. 경제, 외교, 남북관계, 복지, 문화, 지방분권, 국토개발과 보전 등등 몇 가지 항목을 설정하고 후보별로 점수를 매기는 작업이 필요하다. 첫째 아들에게 또 물었다. "누구?"에 "노코멘트!"

살아가며 사람을 선택할 때 기준이 필요한 경우는 하나 더 있다. 배우자. 남자와 여자 그 자체의 차이부터 인식하지 못한 채 배우자를 만나게 되는 경우가 많다. 육체적인 차이는 눈으로 볼 수 있지만 심리적인 부분은 알 수가 없다. 다양한 이성과의 교류가 흔하지 않았던 시절에는 더더욱 그랬다. 그렇지만 누구나 희미하지만 어떤 기준을 가지고 배우자를 선택했을 것이다. 이제는 좀 더 구체적인 기준을 가져보라고 아이들에게 권한다.

어떤 기준을 가지고 누군가를 선택했다고 하여 반드시 성공한, 행복한 선택을 했다고 장담할 수는 없다. 다만, 그런 노력들은 내가 선택한 상대와의 관계를 지속적으로 유지하는데 있어 유익하게 작동된다.

권력 분산의 행복

권력의 사전적 의미는 남을 복종시키거나 지배할 수 있는 공인된 권리와 힘이다. 권력이 사람들에게 미치는 영향력은 지대하다. 그러나 권력자는 전지전능한 신이 아니므로 자기의 힘을 완벽하게 행하는 것이 결코 쉽지 않다. 그래서 권력은 특정 개인이 아닌 일정한 구조, 구성원들에게 분산되어야 한다. 그것이 시대정신인 것 같다.

새로운 정부가 출발한다. 삼권이 분립되어 있다고 하지만 대통령제 하에서 대통령이 가지는 권력은 엄청나다. 그러기에 대통령이 권력을 잘못 행사하면 국가적으로 큰 재앙이 된다. 당선되자마자 정신없이 바쁠 수밖에 없는 신임 대통령의 강점은 자신이 가진 권력을 독점하지 않을 것 같다는 것이다. 굳이 내각제 등의 개헌이 아니더라도 총리 등 많은 기관을 이용한 권력분산으로 더 성숙된 국가운영을 기대하고 또, 그러리라고 믿는다.

기업에도 권력분산이 필요하다. 경제력이 집중되면 그것도 권력이 된다. 크게 보면 중소기업의 대기업화를 가능하게 하여야 한다. 삼성, 현대 등 멀리 볼 필요 없이, 내가 속한 업계도 회사의 규모를 확대하는데 있어 정책적 장애물이 있다. 대형기업이 한 번씩 설립되어야 일자리도 창출된다. 자본이 특정 기업에 집중되어 경제성장을 이루는 시대는 지났다. 그것의 순기능이 있었던 시절이 있었다 하더라도 지금은 아닌 것 같다.

회사 내부에서도 권력분산은 필요하다. 이윤추구가 1차적 목표이지만, 그것이 특정인에게 집중된 힘에 의하여만 가능한 것은 아니다. 의사결정 구조가 복잡하면 더디게 갈 수 있지만, 사장이나 상급자 등 특정인의 전횡으로 회사가 비인간적화 되거나 문을 닫는 경우보다는 낫다.

권력은 가정에도 있다. 전통적인 부계제의 가족 제도는 급격히 변화되었다. 이제는 반드시 남성이 가장이 되는 시대가 아님은 명백하다. 그런데 가장은 선거로 뽑을 수도 없고, 싫다고 하여 회사처럼 나가버리기도 쉽지 않다. 가정 내 권력분산이 중요한 이유다.

자녀교육, 부모 봉양, 여가 보내기 등 가정 내에서 권력이 행사되는 경우도 많다. 특히 가정 내 경제권력이 중요하다. 문서화할 수 있는 것은 철저하게 분산 기재(등기)하는 것이 좋다. 요즘 새로 가정을 꾸리는 부부 중에는 수입관리부터 각자가 개별적으로 하는 경우가 있다고 들었다. 바람직한 모습이라 생각한다. 가정에서 적절한 권력분산은 행복한 삶을 영위하기 위한 중요한 토대가 된다.

국가, 기업, 가정에서 권력분산은 반드시 필요하다. 다만, 성공적인 권력분산을 위해서는 분산 방법과 이에 참여하는 구성원들의 자각이 무엇보다 중요하다.

일심동체(一心同體)의 진정한 뜻

둘 이상의 사람이 마음과 몸이 하나가 된다는 의미다. 글자 그대로는 가능한 일이 아니지만 강한 결속력을 강조할 때 비유적으로 사용된다. 단체에서 강조되는 말이자 결혼식장에서 주례로부터 가장 많이 들었던, 귀에 익숙한 사자성어이기도 하다.

지금으로부터 오 년여 전, 십 년 정도 하던 학원사업을 마무리할 즈음에, 학원수업의 인연으로 알게 된 세 사람으로부터 각각 결혼식 주례 부탁을 받았다. 나이도 아직 오십이 채 안된 시기, 그 소중한 결혼식에 설 자신이 없었다. 고사 또 고사.

결국 두 명은 나를 포기했고 남은 한 명은 막무가내, 그 의식을 꼭 나랑 같이 하고 싶단다. 수락할 수밖에 없었다.

무슨 말을 할까? 어디서 찾아볼 생각은 하지 못하고, 나름대로의 구상을 하기 시작했다. 우선, 짧게 하자. 세 가지만. 돌이켜보니, 두 가지는 기억이 희미하지만 첫 번째로 언급한 것은 또렷이 기억난다. "부부는 일심동체라는 생각을 버려라!" 나는 이 말을 해주고 싶었다. 그런데, 축복의 날에 이런 부정적인 멘트를 해도 되겠는가? 고민고민하다가 생각난 단어가 '다름'이었다.

내 나름대로 고민 끝에 나온 단어인데, 그 후로 언론이나 여러 교육프로그램에서 자주 사용하는 것을 보고 '내가 무의식적으로 들은 건가?' 하는 생각도 들었다. '일심동체'라는 말 대신 생각난 '다름'이란 무엇인가? 인간이란 존재는 오묘하게도 70억 명이 넘는 전 세계인구 중에 나와 같은 외형을 갖춘 사람은 단 한 명도 없다. 물론, 내가 언급하고 싶었던 '다름'은 외형이 아닌 정신적인 부분이다.

요즘은 다들 '틀림'이 아닌, "다름을 인정하자!"고 한다. 다름은 무엇이며 인정하는 것은 어떻게 한다는 것인가? 정신적인 면에서 다름은 여러 가지로 생각할 수 있다. 음식에 대한 기호도 차이, 부모봉양과 자식교육에 대한 가치관의 차이, 재물에 대한 집착도의 차이, 미래에 대한 소망과 선호하는 여가활동 차이 등등 수없이 많다. 이러한 차이를 인정한다는 것은 다른 사람의 선택을 존중한다는 것이리라.

선택 상황에서 '차이 인정'은 그리 어려워 보이지 않는다. 문제는 그 인정으로 인하여 나에게 어떤 행위가 요구될 때이다. 나는 80정도에 만족하는데 상대가 100을 요구하는 상황에서 내가 나머지 20을 위하여 어떤 역할을 요구받을 때... 차이를 인정하는 것은 쉬우나 추가적인 내 행동이 필요할 때 내가 그 추가행위를 하지 아니하면, 진정 내가 인정했다고 할 수 있는가? 결국 인정했다하더라도 이 경우의 '차이 인정'은 상호간의 양보와 협의가 필요한 부분이다.

가장 큰 문제는 특정 두 사람 간의 감정 수용

의 문제. 유사한 하나의 행위를 A와 B가 서로에게 각각 행할 때, A는 별 반응을 보이지 않는데, B는 특별한 반응을 보인다. 이것은 차이가 아닌가? A는 B의 반응을 이해하지 못하고 답답해한다. A는 자신의 기준으로 B도 이 상황에 대해 반응을 하지 않기를 바라는 것이다. 하나의 동일한 행위에서 나타나는 상대의 반응도 다름을 받아들여야 한다. 본인의 감정을 상대에게 강요하는 것은 다름을 인정하는 것이 아니다.

일심동체의 의미는 어떤 결속력을 강조하는 비유어로 이해하여야 한다. 글자 그대로 몸과 마음이 하나가 되어야 한다고 생각하면 큰 오산이다. 그렇게 이해하면 결코 행복한 삶을 살 수가 없다.

진정한 평등

누군가가 묻는다. "우리는 평등한가?" 누군가가 답한다. "평등하지 않다", "평등해야 하나 그렇지 못하다" 등등. 대개 부정적인 답변들이다. 물론, 답변자는 본인이 처한 상황을 기준으로 답변했을 것이다. 그런데 무작정 '평등'을 질문한 것은 적절하지 못한 것 같다. 평등도 크게 분류되는 몇 가지 상황으로 구분해서 봐야 한다.

평등, 평등권은 우리 「헌법」이 보장하고 있는 국민의 기본권 중에서 두 번째로 규정할 만큼 중요하다. 대한민국헌법 제11조 제1항, "모든 국민은 법 앞에 평등하다. 누구든지 성별, 종교 또는 사회적 신분에 의하여 정치적 · 경제적 · 사회적 · 문화적 생활의 모든 영역에 있어서 차별을 받지 아니한다." 평등은 「헌법」에 규정되어 있듯이 국민생활의 모든 영역에 적용된다. 따라서 어떤 생활 속에서 평등한지를 구분해 볼 필요가 있는 것이다.

먼저, 국가권력으로부터의 평등은 어떤가?.

권력, 공인된 강제력 앞에서의 평등은 그 사회를 존립하게 하는 기초이다. 국가권력으로부터 평등이 필요한 상황은 이루 다 언급할 수가 없다. 질서유지를 위한 권력행사 뿐만 아니라 국민세금으로 집행되는 복지혜택에 있어서도 평등은 정의로운 사회의 기본 가치이다. 물론, 평등이라고 하여 모든 국가권력으로부터 똑같이 대우받아야 한다는 것은 아니다. 국가가 만든 제도의 혜택을 많이 받는 사람과 그렇지 못한 사람간의 차이는 당연히 인정되어야 한다.

많은 부분에 있어서는 대등한 대우가 필요하다. 특히, 경찰권력이나 사법권력을 행사함에 있어

불평등은 사람들을 분노케 하고 엄청난 사회적 파장을 일으킨다. 어떤 잘못된 행위에 대하여 책임을 물을 때 그 상대방의 신분이나 지위 등에 따라 차별하지 않아야 하지만 현실은 그렇지 못한 경우가 많다. 끊임없는 개혁이 필요한 영역. 사실, 이 영역에서의 평등은 법과 제도 또는 권력자의 의지에 의하여 꾸준히 보완된다. 그런 개선이 없으면 집회나 시위를 통한 소통을 할 수밖에 없다.

회사 간의 공정한 경쟁을 보장하는 것도 평등화의 한 모습이다.

관료사회로부터 영향을 받은 민간 경제주체들도 규모가 큰 회사 위주의 경제적 의사결정을 한다. 이에 따라 불공정한 거래가 관행화되고 건전한 사회발전은 요원해진다. 회사 내부에서도 평등한 조직문화가 필요하다. 모든 구성원들이 자기의 지위에 맞는 적절한 역할을 하여야 하고 그에 따른 경제적 혜택을 누릴 수 있어야 한다. 그것이 잘 이루어져야 오래가는, 성과를 내는 조직을 운영할 수 있다. 역할과 혜택에 있어 평등하지 못한 회사는 발전이 지체되거나 퇴출될 수밖에 없다.

평등이 가장 중요하게 요구되는 영역은 가정이다. 남자와 여자가 만나서 가정이라는 영역을 만든다. 이제 두 구성원은 그 어떤 영역에서보다 강한 결속력을 갖는다. 그러나 둘이 만나 하나가 되는 것이 아니다. 이 세상 그 누구보다도 친하지만 다른 사람, 두 사람은 평등을 어떻게 실현할 것인가? 가정에서의 불평등은 삶을 위태롭게 하는 중대한 문제를 초래한다. 남자가 하는 행동을 여자도 똑같이 할 수 있어야 평등한 것인가? 음식 만들기, 청소, 빨래 등의 가사 일을 반분해야 평등인가?

둘은 원초적으로 다른 점이 너무 많다. 육체적, 정신적으로 많이 다르다. 그 다름을 인정하라는 말은 수없이 들어왔다. 다르니 당연히 가정이라는 영역 속에서의 역할도 다를 수밖에 없다. 각자 자기가 잘하는 부분에서 역할을 다하도록 하는 것, 그것이 평등이 아닐까? 돈을 잘 버는 사람은 일을 많이 하고, 자녀교육에 소질이 있으면 그 부분에 집중하고... 사람에겐 누구나 다 장점이 있으니 그것을 잘 발휘하게 배려하는 것이 평등화를 실천하는 출발점. 물론, 힘든 가사일의 분담은 평등의 문제 이전에 가정을 꾸리기 위한 기본적인 태도이다. 다만, 이 또한 잘하는 것 위주로 배분하면 된다.

사람이 사는 모든 영역에서 평등은 중요한 가치이다. 그러나 그것은 개개인의 주관에 의하여 판단되는 부분이 많아 완전 평등을 이루는 것은 쉽지 않다. 절대적 빈곤도 그렇지만 상대적 빈곤이 큰 문제가 되듯이 개개인의 조건에 따른 불평등은 가정, 회사, 국가를 병들게 하는 중대한 요인이 된다. 끊임없이 평등을 고민, 개선하고 실행하여야 행복한 삶을 누릴 수 있다.

친구들 자녀의 결혼 소식이 빈번하게 들려오는 나이. 아이들이 가정에서의 평등의 의미를 잘 새겨 결혼으로 인해 더 살맛나는, 행복한 가정을 이루길 바란다. 나는 나와 관련 있는 그 누구에게 평등하게 행동하고 있는가?

관심(關心)이 아닌,
관심(觀心)

그 언젠가 즐겨보았던 드라마 <태조 왕건>. 꽤 오랫동안 방영했던 것 같고, 아직도 기억에 남는 여러 장면이 있다. 신라말기의 부패와 혼란, 궁예의 세력 확장, 견훤과 그 아들들, 금수저 왕건의 성장, 팔공산의 여덟 충신... 그 중에서도 압권은 배우 김영철이 연기한 궁예의 '관심법' 이다.

관심법은 불교의 마음 수련법으로서 '자신의 내면을 들여다보고 성찰하여 자신의 본래 마음 자리로 돌아간다' 는 의미라고 한다. 참 좋은 의미로 보이나 드라마에서 본 궁예의 이것은 최악의 부정적 이미지로 비춰진다. 궁예관심법으로 따로 명명(命名)하여야 할 것 같다. 그는 금수저 아닌 금수저로 태어나 역경을 극복하고 나름, 국가도 이루는 성과를 내지만 궁예관심법으로 몰락하고 만다.

궁예관심법의 큰 문제는 그것으로 자신의 내면을 보는데 그치는 것이 아니라 상대의 마음까지도 본다는 것이다. 내 마음을 제대로 보는 것에도 일정한 수련과 능력이 필요. 그의 성장과 수행과정으로 보면 여기까지는 가능할 수가 있다. 그러나 그가 아무리 미륵불이라 자처해도 상대의 맘까지 정확하게 볼 수는 없다. 이로 인해 처자식을 비롯하여 수많은 사람들이 죽어갔다. 여우 처세술, 물론, 주변의 도움을 받았지만 왕건은 "역모를 꾀하였다"는 거짓 진술로 목숨을 부지할 수 있었다.

궁예관심법은 그 시대만의 이야기가 아니다. 현시대, 대부분 사람들이 다 가지고 있다. 물론, 선행되어야 할 자신의 내면을 불완전하게 보면서... 그런데 희한하게도 궁예관심법으로 보니 상대의 맘까지도 대부분 보인다. 그러나 절대 완벽하게 볼 수는 없다. 옛말에 '열 길 물속은 알아도 한 길 사람 속은 모른다' 라고 하지 않았는가? 이 세상 그 누구도 상대의 맘을 모두 알 수가 없다.

궁예관심법에 의하여, 상대방에게서 확인되는 몇 가지의 사실에 도취되어 이에 심취하게 되면 큰 실수를 저지르게 된다. 특정 집단에서 최고 권력자가 가지는 이것이 낮은 권력자가 가지는 그것보다 훨씬 더 큰 문제를 야기한다. 굳이 북쪽의 김정은을 언급하지 않더라도 주변에서 얼마든지 볼 수 있다. 나 또한 마찬가지.

궁예관심법이 생겨나는 이유는 상대보다 내가 더 우위에 있다는 과한 자신감 때문인 것 같다. 출퇴근길에, 매일 잠실벌에 우뚝 솟은 괴물을 본다. 그 길이 아니더라도 북한산, 관악산, 남한산성 등 서울의 어느 위치에서도 보이는 물체. 반대로 그곳에 올라가면 서울이 다 내 발 아래, 내 시야 속에 있다. 주위 건물은 그 높이의 절반에도 못 미친다. 참 볼썽사나운 존재다. 그 물체를 볼 때마다 궁예관심법이 떠오른다. 마치 내가 너희를

다 알고 있다는 듯한…

관심(關心)이 아닌, 관심(觀心)은 단어 그대로 '마음을 보는 것'이고, '내 마음'을 보는 것이다. 물론, 상대의 마음을 읽어야 하는 경우도 있다. 야구경기에서 투수가 던질 공이 패스트볼, 커브볼, 슬라이드볼인지를 미리 읽는다면 타격에 큰 도움이 된다. 정치, 경제활동 등 수많은 경쟁관계 속에서 그것이 필요한 경우도 많다.

대부분의 일상생활 속에서 궁예관심법은 해악이다. 인간관계를 망치고, 사회와 국가를 병들게 할 수 있다. 관심(觀心)은 나와 마주하는 나를 보는 것이어야 한다. 물론, 쉬운 일이 아니며 여러 경로의 수행이 필요한 부분이다.

미드필더(mid-fielder)의 중요성

한국 축구가 위기다.

2018 러시아 월드컵 최종예선 2경기를 남겨두고 있는 상태, 아직 본선 진출 확정을 못했다. 본선에 진출하기 위한 다른 경우의 수를 따질 겨를이 없다. 이란과의 홈경기, 우즈베키스탄과의 원정경기에서 무조건 이겨야 한다. 한국은 86년 멕시코대회부터 8회 연속(총 9회) 본선 진출국이다. 9회 연속의 금자탑을 쌓을 수 있을 것인가?

믿는다. 하지만, 재정비가 필요한 시점인 것 같다. 문제를 찾고 처방하는 것은 전문가들의 몫.

아마추어 관전자이지만 기본적인 것을 생각해 본다. 단체운동은 혼자 잘한다고 되는 것이 절대 아니다. '축구의 신'이라는 메시도 국가대표로 출전해서는 한 번도 우승을 못하지 않았는가? 구성원들 모두가 톱니바퀴 맞물려 돌아가는 것처럼 유기적인 결합을 하여야 한다. 그래도 가장 중요한 역할이 있다. 왕성한 체력 못지않게 예리한 판단력이 요구되는 자리, 공격과 수비를 겸해야 하는 미드필더.

미드필더는 배구에서 세터와 같은 역할이다. 수비수의 공을 받아 순간적인 판단력으로 최적의 공격수에게 전달해야 한다. 공격수는 못하다가도 골을 넣으면 영웅이 되고, 수비수는 잘하다가 골을 내주면 비난의 대상이 된다. 미드필더는 경기에 승리해도 골을 넣은 공격수보다 덜 부각되고, 패배해도 상대적으로 욕을 덜 먹는 자리. 그러나 큰 틀에서 보면 승패에 있어 그의 역할은 제일 중요하다. U-20에서도 출중한 공격수를 활용하지 못한 것은 이름도 기억나지 않는 선수가 담당한 그 역할이 아닐까?

현재, 한국 축구가 이만큼이라도 지탱하고 있는 것은 세계 정상급 수준에 근접한 미드필더를 보유하고 있어서이다. 그를 보면, 프랑스의 축구 영웅, 현재 레알 마드리드 감독인 지네딘 지단이 연상된다. 그러나 한명으론 부족하다. 한 명 또는 두 명의 미드필더를 더 발굴하여 그를 보조하도록 해야 한다. 어차피 골을 넣고 먹는 데에는 일정한 운도 작용하니 허리만 튼튼히 구축하고 있으면 운이 다소 없더라도 다시 일어설 수 있다.

회사에서도 미드필더의 역할은 제일 중요하다. 각자 자기가 맡은 역할을 제대로 수행하면 원활한 운영을 할 수 있지만, 전방에서 후방에서 어떤 상황이 발생할지 모른다. 미드필더 층이 두터운 회사는 안정적인 발전을 도모할 수 있다. 미드필더는 직위로 나누는 자리도 아니고 누구나 맡을 수 있는 자리도 아니다. 대표도, 막내 직원도 일정한 역량을 갖추어야 미드필더가 될 수 있다.

동인(同人), '같이 한다' 라는 의미를 지닌, 내가 소속된 회사는 그런 의미에서 성장의 동력을 충분히 갖추고 있는 것 같다.

애주가의
술(酒)과 마주하기

10대 말, 막걸리 한두 잔으로부터 술을 시작해 20대부터는 줄곧 소주를 마셨다. 양주나 맥주는 체질에 맞질 않았다. 40대엔 잠시 와인 맛에 취하다가 그 이후로는 소맥에 빠졌다. 맥주만 판매하는 야구장에 갈 때도 소주를 몰래 숨겨가서 소맥을 즐겼다. 유사 맛으로 칭맥(칭따오+소주)도 괜찮았다.

이제 내 몸에 맞는 술을 찾았나 싶었는데 날씨가 추워지거나 배불러서 또 멀어졌다. 돌고 돌아 다시 막걸리, 다음날 장 활동에 큰 도움이 된다.

허나 이 또한 배부르다. 완전 만족스럽지는 못하지만 소주가 현재로선 나에겐 대세다.

30대까지만 하더라도 사람이 좋아서, 대인관계를 핑계로 술을 마셨다. 마흔이 지난 언제부터는 술이 좋아서 사람을 만났다. 술맛도 상대에 따라 다르니 술자리를 공감하는 사람들과 주로 만나서 마신 것 같다.

그 후 또 언제가 부터는 그냥 사람들과 관계없이 술이 당겨서 술을 마신다. 식당에서의 혼술은 남 보기에 좀 거시기할 수도 있지만, 많이 마시지 않아도 되는 장점이 있다.

술은 최고로 유익한 음식이다. 사람관계를 돈독하게 해주고 어려운 사이에 개입하여 소통이 가능하게도 한다. 맷집이 약해질 때 유연한 힘을 주기도 한다. 무엇보다 한잔 술, 노래 한곡에 삶이 주는 스트레스를 단번에 날려버릴 수 있다. 혼술로 맘을 달래어 다시 생활 전선에서 힘을 얻을 수도 있다.

그러나 술이 백해무익한 경우가 많다. 제 아무리 술이 세다고 우겨도 술을 이길 수는 없다. '술에는 장사가 없다' 고 하지 않는가? 술 그 자체의 원인보다는 다른 근원적인 문제에 술이 결합되어 파탄에 이르기도 하고 사람 간의 관계를 망치기도 한다. 건강을 앗아가고 사회적 지위를 끌어내리기도 한다. 가정을 깨뜨리고 심지어 목숨까지 빼앗아간다. 술로 인해 나라까지 망친 사례도 더러 있다.

술 마시는 사람에게 극단의 영향을 주는 술과의 관계 설정을 어떻게 해야 할까? 가장 쉬운 답은 술과 적당히 친하기다. '적당히~~'. 참 어려운 말이다.

같이 마시는 사람과 의기투합하여 파이팅이 필요할 때, 축하할 일 있어 큰 기쁨을 나눌 때, 죽을 것 같은 슬픔이 몰려올 때, 일상의 노여움이 폭발할 때... 그러한 때 윤활유로 때론 안정제로, 분우기 돋움용으로 적당히 곁들이면 된다. 술을 주체하지 못하는 것은 한순간이다. 그러고는 돌이킬 수 없는 후회.

술, 인류역사상 이만한 요물이 또 있을까? 생명력이 없음에도 수많은 사람들의 사회적, 정신적, 육체적 생명에 직접적인 영향을 미치는 술. 그래도 사람은 술과 함께 할 수밖에 없다. 둘 사이의 최적 관계 설정 방법은 무엇인가? 술은 먹는 음식이 아니라 한 잔, 한 잔이 소중한 친구라 생각하고 함부로, 편하게만 대하지 않는 것이 필요하다. 술 앞에서는 자중 또 자중, 겸손 또 겸손하여야 한다.

전철 단상(斷想)

직장을 다니기 시작할 때부터 다짐한 한 가지. '출퇴근을 위해 나 혼자 타는 차는 가지고 다니지 않겠다.' 그 다짐은 거의 지켜졌다. 그런데, 최근 2년간은 둘째 아들 등교관계로 전철 이용 시간 활용의 즐거움을 누리지 못하고 있다.

전철 이용의 즐거움, 첫째로 체중감량 또는 유지. 걷고 계단을 오르내리고 장시간 서 있고... 일이 바빠 따로 운동할 시간이 적절하지 않을 때, 힘들다는 생각보다는 허리 곧게 세운 채 아랫배 힘주고 집중하면 이만한 운동이 없다. 자리가 나면, 보너스로 주어지는 잠깐의 꿀잠. 그 5분은 하루를 상쾌하게 한다.

건너편, 7인용 좌석에 남성 4명, 여성 3명이 앉아 있다. 6명은 휴대폰을 만지고 1명은 졸고 있다. 다른 쪽을 봐도 책보는 사람은 거의 없다. 전철을 타고 내릴 때에도 문자보내기, 인터넷 기사보기... 온 세상이 휴대폰에 의해 지배당하고 있다. 사색(思索)은 없고 오로지 검색(檢索), 또 검색이다.

잠자는 1인의 모습이 안쓰럽다. 얼굴은 천장을 향하고, 입은 조금 벌린 모습. 피로가 엄청 쌓였나보다. 빈자리가 났다. 가까이 있던 젊은 여성이 앉으려는 순간, 저쪽에서 바람처럼 달려오는, 조금 뚱뚱한 여성이 재빠르게 먼저 앉고서는 의기양양해 한다. 오히려 앉으려던 젊은 여성이 민망한지 다른 곳으로 가버린다.

아, 드디어 책을 읽는 1인이 나타났다. 젊은 여성, 노트필기 내용까지 보는 것을 보니 대학생, 시험기간인가 보다. 전철에서의 학습도 꽤 높은 집중력을 발휘할 수 있다. 일반 도서를 읽는 사람은 보이지 않는다. 출판사가 살아남을 수 있을까? 1시간 이상 소요되는 거리를 이동할 때는 「대망」과 같은 대하소설을 읽으면 시간은 금방 간다. 표지가 조금 거시기하면 포장을 하면 된다.

출퇴근 시간, 엄청난 인원이 한꺼번에 몰리는 노선이 있다. 특히, 퇴근시간에는 술 냄새까지 더하여 지옥철이라 불리는 것이 이해되는, 고통스러운 시간도 있다. 누군가 "제발 좀!"이라고 소리친다. 곧바로 나오는 걸쭉한 남성의 목소리, "밀리고 싶어서 밀리는 게 아닙니다! 미니까 밀리는 겁니다." 90년대 초, 어느 한 정치인의 발언이 떠오르는 장면.

전철에서는 오가는 사람들의 수만큼이나 눈살 찌푸리게 하는 모습이 많다. 비 오는 날 과하다 싶은 진한 향의 화장품 냄새, 다리 쩍 벌린 소위 말하는 쩍벌남, 하이힐 신고 다리 꼬아 앞으로 내밀고 있는 젊은 여성, 큰 키에 가방을 뒤로 매고 복잡한 사람사이를 이동하며 키 작은 사람의 얼굴 공격하는 무법자, 그 복잡한 공간에서 검색하느라 허리부터 어깨를 뒤로 제치고 있는 젊은 남성. 타고 내리며 검색하는 사람들... 살짝 밀어 방해할 필요가 있다. 티 나지 않게.

전철에서 만나는 수많은 사람들, 특정인과 생김새가 같은 사람은 단 한 사람도 없다. 그들의 생각, 감정, 행동도 모두 다 다르다. 다른 동식물들도 마찬가지. 뿌리의 길이까지 똑같은 식물은 없다. 생명력을 가진 개체들의 원초적인 개별성은 존중할 수밖에 없고 존중되어야 한다.

그렇다고 세상사가 이 존중만으로 끝나지는 않는다. 개인 간, 조직 내, 사회 속에서 개별성 존중이 지속되기 위해서는 성문 또는 불문 형식의 약속이, 사회적 합의가 필수적이다. 그 약속을, 합의를 제대로 정하고 행하여야 조금이라도 더 살맛나는 세상을 만들 수 있다.

순기능, 역기능

1. 물

모든 생명의 원천, 물 없으면 동물도 식물도 없다.

vs

불은 끄면 되지만 밀려오는 물은 막을 도리가 없다.

2. 바람

아무리 더워도 바람 불면 오히려 시원하다.

vs

한겨울 강추위, 바람 불지 않으면 견딜만 하다.

3. KTX, SRT

전국의 일일 생활권화

vs

수도권 불패

4. 아파트

가사노동의 편리, 적막하지 않은 공동생활, 넓은 마당

vs

층별 소음, 사생활 침해, 나만의 공간 없는 마당

5. 컴퓨터

업무상 필수, 여가시간 놀이기계

vs

신뢰할 수 없는 자료의 홍수, 해야 할 일을 방해하는 수많은 놀이

6. 핸드폰

신속 통화로 가정과 사회조직 내 소통, 신속 검색으로 지식과 정보획득, 짬짬이 글쓰기로 책 한권 완성

vs

참을 인(忍)을 무색케 하는 신속 감정폭발, 운전 중 · 보행 중 검색으로 생명 위태, SNS 참여로 지인간의 관계 악화

7. 자식 · 형제 수

물보다 진한 피가 많으니 삶의 든든한 버팀목

vs

가지 많은 나무에 바람 잘 날 없더라.

8. 유산

살아있는 자의 삶을 든든하게 지켜주는 훈훈한 물질

vs

부모 형제간의 관계를 파탄에 이르게 하는 독소

9. 혼술

마시는 양의 조절이 가능

vs

1년 동안의 횟수조절이 불가능

10. 짱구

늘 일관된 태도

vs

아빠 바라기

자연, 인공물, 인간관계, 나 홀로 삶…

세상 일, 현상에는 모두 좋은 것만 또는 나쁜 것만 있는 것이 아니다.

나의 건배사 "버티자!"

90년대 초, 입사 초기부터 일정한 조직이나 모임 내의 회식자리 초반에 건배사를 하는 것에 익숙해졌다. 사회초년생 시절이었으니 선창보다는 뒤따라 하는 합창단의 일원. 선배들의 이런저런 한마디가 끝나면 의례히 "위하여~~!"로 흥을 돋운다. 그냥 아무 생각 없이 따라 하긴 하지만 그리 흥겹지는 않다.

나이가 들어가고 사회적 활동도 많아지면서 늘어난 공 · 사적 술자리에서 건배사는 필수가 되었다. 듣다보면 기상천외한 발상도 많다. 축약 글자를 사용하기도 하고 구호를 세 번씩 하는 경우도 있다. "건강을 위하여~~!"라고 하는 것은 듣기에 좀 민망하다. 술 마시며 건강 걱정? 최근에 안 사실, 인터넷에 많은 양의 예문들이 있었고, 특히 연말연시에 감탄을 자아냈던 건배사의 출처를 알게 됐다. 그러나 그것들이 내 것이 아닌 이상 듣고 합창하고 한잔한 후에는 기억나지 않는다.

내가 주도한 모임에서도 건배사는 한잔 하기 전의 통과의례. 매번 하는 공허한 선창도 재미없다. 건배사보다, 시원한 첫 잔의 맛이 더 좋으니 발언 시간은 최대한 짧게. 몇 년 전, 회사를 다시 시작할 즈음에는 마침 응원하는 야구단, NC의 응원구호를 흉내, "거침없이!"하면 "가자!"로. 그러다가 어느 순간, 내가 한 것 중에 가장 의미 있는 구호를 발견하고는 오래도록 사용하고 있다.

"버티자!"

시작은 논문심사 과정. '이걸 해서 뭐하나?' 심사장 문을 박치고 나가지는 못하더라도 '깨끗이 포기하자' 고 체념하지만, 다음 날 스승님의 말씀, "어제 밤에 약 좀 드셨죠?"에 얽힌 마음은 사르르~ 풀리고 말았다. 그 힘으로 성과물을 낼 때까지 버틸 수 있었다. 축하연 자리의 내 건배사 차례. 나도 몰래 이 구호가 떠올랐고, 구호 후의 시원함과 다른 사람들의 박수소리. 근데, 뒷맛이 이상하다. 그 자리엔 심사장에 계셨던 분들이 동석하고 있었던 것이다.

버팀, 버티는 사이 시간은 흐르고 시간이 어떤 문제를 해결해주는 경우가 더러 있다. 주식가치가 하락해도 회사가 망하지만 않으면 언젠가는 오른다. 대인관계에서 폭발하는 분노와 화에 대한 버티기는 내 맘을 오염시키지 않는다. 낙선한 정치인이 야인생활을 하는가 싶더니 어느 날 언론 매체의 중심에 자리 잡고 있음은 이상한 일이 아니다.

물론, 세상사가 다 버텨야 좋은 것은 아니다. 특히 사업은 벌이기는 쉬워도 그만두기는 참 어렵다. 안될 때는 퇴출시점을 과감하게 판단해서 행하면 살아가면서 있을 수 있는 작은 실패로 그칠 수가 있다. 사회적 지위도 문제다. 자기 역할을 못하면서 명예 지키느라 앉아 있는 자리도 버텨

봤자 결국에는 개인도 그 조직도 상처만 남는다. 버티는 것 못지않게 버림이 중요한 상황도 있으니 이를 잘 판단하는 것이 슬기로운 삶이다.

버티기가 제일 중요한 상황은 정신적, 육체적 고통으로 인해 삶의 끈을 놓고 싶을 때이다. 쉽진 않지만, 정신적 고통은 자신의 노력이나 운 좋으면 주변 환경의 개선으로 버텨낼 수 있다. 그런 노력이나 개선이 없더라도 시간이 지남에 따라 정신적 고통에서 벗어날 수도 있다. 이에 반해 육체적 고통을 버티기란 힘들고 괴로운 일이다. 오른손에 상처 나서 물에 담그지 못하는 아주 단순한 불편에도 많은 일에 방해를 받으니 육체의 강건함은 버티기의 가장 기초가 된다.

건축물의 용도 중에 사람들 오가는 유동성이 가장 높은 곳은 백화점과 같은 판매시설 다음으로 병원일 것 같다. 1층 접수 센터와 외래진료실, 2층의 각종 검사실만 보면 최고 높다. 남자, 여자, 주로 50대 이후의 표정 밝을 리 없는 사람들. 환자뿐만 아니라 보호자도 힘들다. 부모와 자식, 부부, 형제자매... 환자와 보호자 구분이 명확한 경우가 대부분이지만 그렇지 않은 경우도 있다. 병원에서는 큰 소리로 외칠 수는 없지만, "버티자!"가 꼭 필요한 공간이다.

내 평생 기억에 작년이 제일 더웠던 것 같다. 나이 탓도 있는 것 같고. 오늘 일기예보에서 작년보다 열흘 빠르게 열대야가 온다고 한다. 정말 반갑지 않은 소식. 그래도 버티고 있으면 자연스레 시원한 가을이 올 것이다. 어떻게 버틸 것인가?

신호등처럼 받아들이기

파란색으로 신호가 바뀌었는데도 움직이지 않는 자동차 운전사의 8, 9할은 휴대폰과 관련 있다. 또는 내 앞에 달리는 차가 그 앞차와의 간격을 길게 할 때에도 분명 그 운전사는 딴 짓을 하고 있음이 분명하다. 교통흐름을 방해하는 다른 차의 이런저런 행위들로 인하여 통과할 수 있는 신호등 신호를 놓치는 경우가 더러 있다.

문제는 그 신호등에서만이 아니다. 한번 흐름을 타지 못한 신호등은 또 걸리고 막힌다. 반면, 먼 거리 주행에서 연속될 수밖에 없는 도로 위 신호등을 오직 파란색만 만나는 경우도 있다. 여기서도 저기서도 재빠르게 넘어간다. 정말 기분 좋은 하루가 시원하게 확~ 열리는 장면.

살아감에도 여러 일이 술술~ 풀리는 경우가 있다. 들인 노력보다 더 큰 성과가 돌아온다. 삶이 다 그러면 얼마나 좋으랴! 하지만 어떤 경우에는 의도한 바의 절반에도 미치지 못하는 결과가 나타날 수도 있다. 이런 상황들은 삶은 혼자 사는 것이 아니기 때문에 생겨나는 일들이다. 세계적인 배구 공격수 김연경이 동료들과 함께 출전한 올림픽에서 메달 획득을 못한 것처럼 말이다.

삶은 다른 사람과의 관계 속에 있다. 기대보다 더 많은 성과도, 의도하지 않았던 부족함도 모두 나로 인한 것이지만 다른 사람의 행위도 분명, 개입된다. 따라서 다른 사람과의 관계를 잘 유지하는 것이 중요하다. 그러나 좋은 관계 유지가 모든 상황을 해결해 주지는 않는다. 나도 너도 어찌할 수없는 불가항력의 영역이 있는 것이다. 그러니 행운에는 감사하면 되고 불운에는 한탄할 필요가 없다. 그 마저도 그러려니~ 받아들이는 것이 건강에 좋다.

신호등은 다른 사람으로 인해 방해받아 순조롭지 못할 수도 있지만 그냥 시간이 맞지 않아 그럴 수도 있다. 통과, 또 통과하는 신호등도 내 노력으로 되는 것이 아니다. 부지런히 운전하되, 의도하지 않은 불운도 행운도 모두 받아들이면 된다. 일희일비할 필요가 없다.

천 냥의 빚을 갚는 말,
천 냥의 빚을 지는 말

대부분의 속담은 살아가는 지혜를 주지만, 그 내용에는 반론의 여지가 있는 것들도 더러 있다. 하지만, '말 한마디에 천 냥 빚을 갚는다'라는 속담은 무결점이다. 말 한마디로 엄청난 행운을 얻을 수 있다는 의미. 반대로 하면, 말 한마디로 불행해질 수도 있다는 것이 된다.

헬스장 사우나, 두 중년 남성이 싸우고 있다. 샤워하는 곳에 칫솔 등으로 찜해 둔 이와 그것을 치워버린 이. "왜 남의 물건에 손대냐?", "빈자리인 줄 알았다." 옥신각신 하더니 반말과 욕이 나오고… 이내 싸움은 물건터치에서 말투로 옮겨간다. "너, 몇 살이야!" 다툼의 본질을 벗어나 버렸다.

말, 말은 입으로 한다. 그러나 입은 소리를 내는 도구에 불과하다. 그러니 좋은 말도 나쁜 말도 입의 역할이 아니다. 실질적으로는 머리 곧, 뇌가 마음과 결합되어 말을 하는 것이다. 따라서 속담대로 천 냥 빚을 갚는 말을 잘하려면 좋은 머리와 마음을 간직하여야 한다. 그것은 그냥 생기는 것이 아니다. 끊임없이 나를 지켜보고 감시해야 한다.

천 냥 빚은 못 갚더라도 최소한 상처 주는 말은 하지 않아야 한다. 그런 말에는 두 가지가 있다. 하나는 말투. 입을 통해서 나오는 소리가 꽤 거칠거나 냉소적이다. 아무리 좋은 내용의 말도 그런 투로 하면 전달력은 의도한 바의 절반에도 미치지 못한다. 한 냥의 빚도 갚을 수 없다.

또 하나는 자신도 모르게 나오는 말. 평소에는 별 일 없다가 어떤 상황이 발생하면 가슴이 콩

닥거리고 뇌는 사고를 정지시킨다. 멈출 겨를도 없이 막 쏟아낸다. 파국에 이른다. 이런 말로는 천 냥 빚을 오히려 떠안을 수 있다. 경찰서에도 갈 수 있다. 사우나의 두 중년 남성처럼.

말을 공손하게, 정성들여 하면 분명 사업에서도 큰 성공을 이룰 수 있다. 음식점뿐만 아니라 일반적인 거래에서도 위력을 발휘한다. 정치인들도 마찬가지. 제일 중요한 영역은 역시 가정이다. 가정불화의 대부분은 불화의 원인보다는 오고가는 말이 파장을 크게 만든다. 거칠고 냉소적인 말투, 자신도 모르게 내뱉어지는 내용의 말은 불행의 씨앗이 된다.

행복하게 살려면 어떠한 상황에서도 내가 무슨 말을 하는지 인지하면서 공손하게 하여야 한다. 이것도 수양이 필요한, 평생 배워야 하는 일이다.

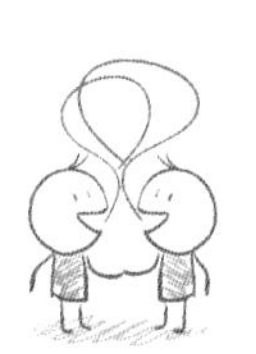

세엣.

회상

"

시골의 여름밤은 낮 시간의 무력감을 만회하려는 듯 꽤 역동적이다. 농한기, 저녁식사 후 모기 쫓느라 피운 모깃불에서 나오는 연기 맡으며 온 가족이 마당에 마련한 평상에 눕거나 앉는다.

"

남해의 겨울

남해의 겨울은 다디달다.
시리지 않는 적당한 찬 바닷바람,
물메기 국, 시금치 무침, 삶은 고구마, 생굴 넣은
김치...
그리고 변함없는 우정, 아버지의 삶...
남해의 겨울은 참 따뜻하다.

다랭이 논길을 걸으며

남해의 논은 대부분 산자락에 위치해 완경사 내지 급경사지대에 있다. 그래서 다랭이논이 될 수밖에 없는 구조이고 너른 평수를 경작하기가 힘들다. 내가 살던 마을에서도 논 10마지기, 그러니까 논 한마지기에 200평이니 대략 2,000평을 소유하면 부자라 불렸고, 70여 가구에서 두 집 정도가 해당됐다. 어릴 적부터 이런 다랭이논을 볼 때마다 드는 생각, '선조들은 이 논들을 어떻게 만들었을까?'

농로에 직접 닿는 논보다는 다른 집 논의 논두

렁을 지나서야 접근이 가능한 논들이 많다. 좁은 논길로 소를 몰고 아슬아슬하게 다닌다. 남자들은 지게를 지고 다니니 문제가 덜하지만, 여자들은 수확물이나 참을 머리에 이고 다녀야 하니 시야확보 문제로 넘어질 수도 있다. 위험천만한 논두렁에 뱀은 왜 그리도 많았는지. 50센티미터도 되지 않는 논길에서 뱀과 마주치면 가슴이 콩닥콩닥. 하지만 녀석도 놀랐는지 매끄러운 몸체를 움직이며 순식간에 휙, 사라지고 만다.

농사는 혼자 할 수 있는 일이 아니다. 품앗이 형태로 할 수밖에 없는 일이다. 추수 때보다 파종 시기에 더더욱 협동 노동이 필요하다. 미워도 고와도 같이 할 수밖에 없는 일이고, 그래서 집단 우선의 문화가 형성된다. 논길도 마찬가지이다. 인접한 농지의 경작자가 내 논길을 지나다녀도 무조건 허용해야 한다. 시대가 변하고 경운기에 의한 기계농이 도입되어 이제 논길보다 더 넓은 폭의 통로가 필요해졌지만 다른 논의 도움은 아직도 필수적이다.

농부에게 농사는 살아가는 이유. 내가 더 좋은

위치에 있다고 하여 나를 필요로 하는 다른 농지를 모른 척 할 수 없다. 농부 간의 인간관계가 좋고 나쁨을 떠나 상대를 위해 내 논길을 기꺼이, 당연히 내놓던 그 시절. 이제는 휴경지도 많아진 논. 그 논길을 다시 걸어보니 이런 험한 구조에서 농사일을 한 것도 대단하지만 모두가 어렵던 시절, '같이 살아야 한다' 는 동병상련의 정과 고단함이 느껴지는 아련한 기억에 긴 한숨이... 참 좋고도 가슴시린 동네, 고향은 내 인생의 보물창고다.

청춘의 정점, 군대

누구에게나 잊지 못하는 날들이 있다.

1월 21일도 그 중 하루다. 30여 년 전 강원도로 군 입대 하던 날!

요즘 부쩍 아이 친구들, 친구의 아이들이 군에 가는 소식이 많이 들려온다. 내가 근무했던 부대로 입대하는 아이 이야기를 들을 땐 어쩐지 더 맘이 짠하면서 한편으로는 자랑스러워지기도 한다.

강원도 화천, 겨울밤 체감온도 영하 30도. 그보다 더 낯설었던 건 온통 산으로 꽉 막힌 공간, 그리고 대부분 하얀색 아니면 검정색의 자연이었다. 끝나고 나면 모두 추억이지만 그 시절의 심각함, 절절함... 잊을 수가 없다.

군 복무 기간을 두고 이야기가 많다. 기간도 중요하지만 복무기간 동안 건강하게 지낼 수 있도록 지휘관부터 항상 긴장하고, 건강한 병영생활을 위하여 부단히 고민하고 집중하는 것이 우선돼야 하지 않을까 싶다.

요즘 군대 많이 좋아졌다고들 하지만 그것은 지금 전역하는 아이들도 후배들에게 할 수 있는 말이다. 당사자들에게 참으로 힘든 시간.

날씨가 춥다. 모두들 파이팅하기를 기원해 본다.

속초가 주는 여유로운 안식

대학 4학년 무렵부터 혼자 동해 쪽으로 가끔 여행을 떠나곤 했다. 시험 합격의 간절함을 담아 찾았던, 어머니 같은 바다가 있는 양양 그리고 낙산사, 거칠었던 기억이 있는 강릉바다...

산을 좋아하고 제법 맛집을 찾는 여유가 생겼을 때에 속초를 알게 되었다. 오징어회, 아바이순대, 생선구이...

오늘 그 속초를 첫째 아들 일로 찾았다.

내가 군 생활을 한 화천지역이 아닌, 속초의 동

해바다 쪽은 늘 여유롭다. 변화무쌍한 기후 속에서 삶을 되돌아보게 하고, 안식을 선사한다. 서울 가는 길에 힘을 준다. 여럿이 시끌벅적 오기보단 혼자 와서 즐기는 맛이 좋은 동네다.

부산역

"보슬비가 소리도 없이 이별 슬픈 부산정거장♪♬" 스무 살 즈음에 부산역 시계탑은 만남, 약속의 단골 장소였다. 생활의 중심이 서울로 옮겨가고부터 부산역은 이별의 공간으로 익숙해졌다.

오늘은 부산에서 다시 볼 수 없는 이별을 했다. 정말 좋은 사람, 순수했던 친구가 세상을 떠났다. 맘에, 말에 귀 기울이고 들어주는 이가 친구라 생각했건만 정작 실천하지 못한 것이 참으로 아쉽다. 그렇게 세월은, 시간은 또 간다.

친구야~~

인사동 나들이

날씨는 완연한 봄인데 위례는 서향지대라 그런지 나무들이 주는 연두색의 기쁨을 느끼기가 쉽지 않다. 아님, 겨울을 지나고 자양분 보충 시간이 필요한데, 어린 생명을 빨리 맞이하고픈 나의 조급함일지도...

인사동, 아주 오래 전에 인연을 맺었던 지인을 만나러 간다. 군대를 다녀오고 꿈보다는 현실을 고민하기 시작한 이후 지금까지 결정적인 선택의 순간에 도움을 주신 분들이 있다. 대개 나보다 열 살에서 열네 살 정도 나이 많으신 분들.

한 끼 식사의 감동을 주고, 수험과 학업과정, 작은 업무에서 잘할 수 있다고 인정해주신 분들. 무엇보다 포기하지 말 것을 주문하신 기억이 크게 남는다. 받은 사랑을 또 다른 후배에게 이어주는 것도 순리지만 소중한 인연을 찾아뵙는 것도 실천해야 할 가치. 반성해야 하는 부분이다.

인사동 가는 길에 오랜만에 들른 청계천은 한산한데, 몰랐던 도깨비시장이 열리고 있었다.

추풍령에서

봄이 달아난 것 같은 날씨. 20여 년 만에 추풍령을 찾았다. 구름도 울고 가는, 바람도 쉬어가는 고개. 오늘은 바람은 쉬는 것 같으나 구름은 울고 있지 않다.

두 번째 타향생활을 서울로 정하고는 부산과 서울을 오갈 때마다 중간에 쉬는 곳. 그래서인지 이 고개를 지나면 늘 이제 다른 공간으로 간다는, 약간의 긴장감을 가졌던 지점이기도 하다.

부산생활 역시 타향살이라 고향만큼의 편안함

이 없었지만 서울생활을 시작하고부터는 부산에 오면 참 포근한 느낌이 들었던 기억이 있다. 아마 친구들이 있기에 그러했으리라. 나이 들고 교통 통신 수단이 발달되니 요즘은 타향이란 단어가 거의 떠오르지 않는다. 이제 추풍령은 쉬어가는, 단순한 휴식처로 남았을 뿐이다.

오늘은 기온이 올라 땀까지 나는 날씨. 어제부터 1,000킬로미터를 달렸지만 눈이 전혀 피곤하지 않다. 세찬 바람에 꽃비가 한꺼번에 내려서 가는 곳마다 온통 연둣빛이 반짝이고 있었기 때문이다. 늦은 오후에 도착하여 제대로 보지 못했지만 연둣빛은 추풍령에서도 그 빛을 발하고 있었다.

소양강에서
군 생활을 추억하다

80년대 말, 전방입소거부의 시대상황과 조기 입대로 30개월을 꽉 채우고서야 강원도 화천을 벗어날 수 있었다. 다시는 춘천 화천을 오지 않을 거라는 다짐과 함께. 그러나 국적은 바꿀 수 있어도 군적은 그럴 수 없는 것처럼 1년도 채 되지 않아 다시 찾아와서 후배들이랑 축구하고 마시고...

Phoenix Commando, 군 생활 동안 평생에 할 수 없는 경험을 많이 했다. 엄청난 양의 사격을 했고, 낙하산을 탔다. 천리행군 후 군화에 막걸리, 겨울 날씨에 경사진 지대에 은신처 파서 밤 지새기… 무엇보다 잊을 수 없는 건 열 다섯 시간 넘게 행군 후 헬기 타고 순식간에 부대로 복귀할 때 눈에 들어온 산과 강. 긴장감이 최고조인 상태에서도 소양강과 주변 산자락의 경치는 헬기에서 뛰어 내리고 싶은 충동을 불러일으킬 만큼 장관이었다.

힘든 가운데 그런 좋은 추억이 있음에도 불구하고 그 지역에 다시 가고 싶지 않은 이유가 있다. 바로 어머님의 면회. 교통이 불편했던 시절, 어머니는 남쪽 끝에서 토요일에 출발하여 돌고 돌아 일요일 점심때서야 면회를 오셨다. 부대는 비상대기라 외출이 안 되었다. 당직 상황장교를 평소에 잘 알았고, 더러는 일요일에도 외박이 되었지만 허용하질 않았다. 그 멀리서 오셔서 두 시간 남짓 아들 보고 가시는 어머님은 얼마나 많이 우셨을까? 전역을 하고도 그 고통이 꽤 오래갔다. 춘천, 화천을 지날 때마다 그 생각에 마음이 짠해지곤 했다.

그렇게 내 삶에서 잊을 수 없는 또 하나의 지역인 춘천을 아주 오랜만에 회사 행사로 찾았다. 이제는 가슴앓이가 덜한 걸 보니 나도 이제 제법 나이를 먹었나 보다. 여전히 소양강과 그 주변은 매력을 발하고 있다. 짧은 거리라 조금은 아쉽지만, 배를 타고 청평사에 이르는 길은 또 하나의 쿼렌시아다.

고향의 봄

고향이 어디냐고 묻길래 남해라고 했더니 "남해 어디?"라고 한다. '아, 남해가 남해지, 남해 어디는 또 어디인가?' 잠시 후의 소통, 그 사람은 남해를 남해바다로 이해한 것이었다.

서울에서 홀수번호 고속국도 3개, 짝수번호 고속국도 2개를 요리조리 잘 갈아타서 19번 일반국도에 이른 후, 남해대교를 넘으면 그 지점부터가 우리나라 섬 크기 순위 4위의 보물섬 남해도, 행정구역으로 남해군이 시작된다. 고속국도에서 시속 100~110킬로미터로 내달리면 서울에서 4시간 남짓 걸리는 거리. 맘 내킨다고 막 달려갈 수 있는 거리는 아니다.

70, 80년대엔 해수욕장으로 유명하였던 지역. 지금은 사시사철 주말마다 남부터미널 남해행 고속버스는 만원, 매진되기 일쑤다. 사람들의 발길이 더 잦아졌다는 것은 그만큼 볼거리, 체험거리, 먹거리가 많아졌음을 의미한다. 수많은 자랑거리 중에 으뜸은 역시 남해도에서 조망되는 바다. 다도해의 아름다움과 함께 동해바다와는 다른 맛이 나는, 큰 바다를 조망할 수 있는 지점이 여러 곳에 있다.

그 바다에서 지인들과 작은 배를 타고 낚시를 했다. 내 삶에 있어 낚시는 두 번째. 둘째 아들과의 약속으로 2014년에 처음. 그때는 하나의 줄낚시에 세 마리씩 도다리가 달려 올라왔다. 그 기억으로 도다리쑥국을 먹을 수 있다는 기대를 가지고 갔다. 시작 10여 분 만에 낚시가 처음인 친구가 도다리치곤 제법 크다는 놈을 잡아 올린다. 다들 만세~~, 그리곤 침묵. 그냥 먹자분위기다.

여러 재료가 들어 있는 김밥과 세심한 정성이 돋보이는 된장, 가로로 세로로 두껍게 얇게 칼질 모습에 따라 다른 맛을 내는 갑오징어, 고소함을 넘어 단맛까지 나는 뽈락, 쥐고기, 낙지, 그리고 잡은 사람의 기쁨까지 느껴지는 도다리, 낚싯대로 올렸다고는 믿기가 어려운 엄청난 크기의 참돔. 남해와 여수 사이의 바다 위, 파도로 기우뚱대는 작은 배 위에서 촘촘히 붙어 앉아 정을 나눈다. 서울 최고급 일식집에서도 맛볼 수 없는 최고의 성찬이다.

멋진 풍경과 자연 속에서 자란 먹거리를 한 바다 위에서 맛볼 수 있는 남해는 정말 멋진 고향이다. 나이 들수록 고향이 더 좋아지는 것은 이런 것들을 누릴 수 있도록 마음으로 대해주는, 살아가면서 필요한 맷집을 키우게 해 주는 친구, 그리고 사람들이 있어서이다.

읽은 책 다시 읽기

책 중에는 나하고 맞는 책이 있다. 사람도 그런 것처럼. 베스트셀러라 하더라도 나와 맞지 않으면 종이에 불과하다. 한장 한장을 넘길 때마다 그 내용에 빠져들게 되는 책은 평생을 간다. 10년이 지나서도 또 읽게 된다. 그런 책이 나한테는 몇 권 있을까? 돌이켜보니, 몇 번의 전환기에 영향을 받은 몇 권의 책들이 있다.

「대망」도 그 책들 중 하나. 1권에 600여 페이지, 12권짜리. 1500~1600년대, 일본의 전국(戰國)시대 중 일부 시기를 배경으로 한 역사소설로 박재

희 님 등이 번역한 책. 온통 천하통일에 대한 싸움, 전투이야기이지만, 세 명의 주요 인물을 중심으로 주종관계 뿐만 아니라 부부관계, 부모 자식관계 등 다양한 관계를 세심하게 다루고 있다. 신의, 고집, 삶과 죽음에 대한 성찰... 인간심리에 대한 고민도 꽤 많은 부분을 차지한다.

"저 두견새가 울지 않으면 죽여라."

- 오다 노부나가

칼날 같은 성품, 거침없는 진군, 지역마다 권력을 형성하고 있던 영주들을 힘으로 물리치고 천하통일의 기틀을 다진다. 그의 마지막은 유명한 사람 또는 일반인의 생활 속에서도 볼 수 있는, 참모의 배신. 그로 인해 오십도 되기 전에 죽음을 맞는다.

"저 두견새가 울지 않으면 울게 하라."

- 도요토미 히데요시

조선 역사의 철천지 원수. 이순신 장군이 얼마나 위대한가는 일본 소설책인 이 책에서도 알 수 있다. 능수능란으로 요약되는 이 인간은 마침내 천하통일을 이룬다. 대륙진출, 침략의 욕망이 죽음을 재촉하지만... 일본인들의 이 행태는 300년 후에도 시도된다. 태평양전쟁에 나타난 일본군의 심리는 300여년 전의 모습과 똑 같다. 이후 300년 후에는 또 어떨지?

"저 두견새가 울지 않으면 울 때까지 기다려라."

- 도쿠가와 이에야스

금수저로 태어났지만, 여덟 살에 아버지를 여의고 인종의 삶을 살았던 그가 이 책의 주인공이다. 농부 출신인 히데요시에게 권좌에 앉을 차례를 빼앗기고도 참고 또 참고. 어릴 적부터의 환경이 그를 기다림의 화신으로 만들었다.

"예수를 믿어야 천당 간다"는 말에 "부모님은 믿지 않았으니 지옥에 계신가?"라고 반문하고 나는 죽어서 부모님을 만나고 싶으니 믿지 않겠다고 한다. 300년 태평세월의 기틀을 다진 이에야스는 이 책의 묘사로만 보면 거의 성인(聖人)에 가깝다.

일본에서 유학 온 한국말을 잘하는 일본인에게 물었다. "셋 중 누가 최고인가?" 단번에 나온 대답. "히데요시." 정말 예상외였고 실망스러웠다. 책의 묘사로만 보면, 당연 이에야스인 줄 알았는데... 중국인 유학생에게 물었다. "누가 최고인가?"에 "모택동." 또 놀랐다. 당연, 등소평으로 생각했다. 그들이 최고라고 생각하는 두 인물, 히데요시와 모택동에겐 공통점이 있다.

이 책이 재미있었던 이유 중 하나, 확연히 구분되는 세 캐릭터를 일상생활에서도 많이 볼 수 있기 때문이다.

진군 또 진군 저돌적, 관리부실. 노부나가.

능력자, 천방지축, 인간성 부족과 상실. 히데요시.

인내, 자기관리 그리고 속내를 알 수 없는 이에야스.

30대에 한번, 40대에 한 번씩 읽었다. 50대, 연휴를 맞아 읽어보려고 책장에서 꺼냈다. 첫 장이 넘어가고... 이내 덮게 된다. 체력적으로도 달리지만 무엇보다 치열함이 많이 약화된 탓이리라. 이 책이 넘어가지 않는 것도 나이 듦의 징표인 것 같다.

아버지의 농사

작년, 아버지 구순을 맞아 면소재지 복지관에 나오시는 분들을 모시고 점심식사를 대접했다. 어르신들끼리 느린 걸음으로 식당 가시며 나누는 대화, “마늘 팔아서 150만원 벌었다, 나는 200만원 벌었다.” 뜻밖의 말씀에 조금은 당황스러웠지만, 단순한 돈 자랑은 아니라고 이해했다. 그 후론 “제발 농사일 좀 그만하세요”라는 말씀을 드리지 않는다. 자식들이 보내는 돈보다는 내가 아직까지도 힘이 있음을 보여주는 것을 더 자랑스러워하시는 것 같기에...

91세의 아버지께서는 지금도 농사일을 하신다. 경운기도 없었고 운전도 익숙하지 않으셔서 평생 소를 이용해 농사를 지으신 분. 평지가 거의 없는 지대, 쟁기를 지게에 지고 한손엔 소고삐를 쥔 채 걸음을 재촉하여 다랭이논으로 향한다. 소와 쟁기를 연결하여 논을 갈아엎는 작업. 농사가 초보인 소는 아버지를 괴롭힌다. "이~랴, 워~, 이 놈의 소가!" 아버지의 목소리는 더 커진다. 소는 숨을 헐떡이고 큰 눈은 지친 기색을 감추지 못한다. 휴식. 소는 풀을 뜯고 아버지는 소주 됫병을 꺼내신다.

소를 다그쳐서 한해 농사가 끝나고 겨울에는 쇠죽 끓이는 일이 하루의 중요한 일과. 멀리 자식집에 오셔도 "소 때문에 가야 한다"하시며 하룻밤만 주무시고 가신다. 농한기에 잘 먹여주어야 내년에 제대로 부릴 수 있다. 송아지를 낳을 즈음엔 노심초사, 온 정성을 다해서 돌보신다. 아버지와 소는 그렇게 사람과 동물 이상의 관계가 된다. 언젠가, 한잔 하시고는 "손주들 다음으로 소가 좋다"고 하실 만큼 소에 대한 애정이 각별하셨다.

그렇게 농사만 하셨으면 더 편히 사셨을 텐데 아들딸을 키워야 하니, 다른 일을 하지 않을 수가 없었다. 농사일도 힘든데 다른 사업까지... 부산, 광주, 대구, 서울 그리고 도회지 사람들 상대는 결코 쉬운 일이 아니다. 아마 당신 인생에서 가장 힘든 시기가 아니었을까 싶다. 결국, 예순 중반임에도 불구하고 수 년간 일본에 가서 일을 하셨다. 그 시기가 지나고서야 나는 사회생활을 시작하였다.

언제나 말씀을 많이 안하셨다. 그냥 허허. 화도 잘 안내신다. 그런데 몇 년 전부터는 전화를 드리면 반복되는 말씀, "애들은 학교 잘 다니나? 회사는 괜찮나?" 아들 걱정을 표현하신다. 그 전, 아주 오래 전에는 자식의 성장에 대하여 별 관심이 없는 것으로 생각했다. 서울 사시는 외삼촌이 작년에 내게 해 주신 말씀, "아버지가 일본 가실 때 나에게 당부하셨지. 너희들 잘 지켜보고 부탁한다고 하셨다"고. 그랬다. 아버지도 일만 하신 게 아니라 우리가 어떻게 성장하고 있는지 보고 계셨던 것이다.

그동안 아버지께서 많이 외로웠을 것 같은 생각이 갑자기 들었고, 아버지와 둘이, 멀리는 못가고 남해를 한 바퀴 돌았다. 용문사에 갔더니 수십 년 만에 와 보셨다고 그리 좋아하신다. 전복찜을 드시면서 소주한잔 하시겠다고 해서, "아버지, 두 잔만 드릴게요." 금세 두 잔이 비워지고 한잔 더 달라 하신다. 아, 안되는데... "괜찮겠습니까?", "난 아직까지 한병도 괜찮다." 부모님을 모시고 온 식구가 여행하는 것도 좋지만 이렇게 단둘이, 아버지와 아들이 시간을 보내는 것도 의미 있다는 생각이 들었다. '모시고 오길 잘했구나' 싶었다.

이제 농토가 거의 없다. 힘이 부쳐 경작하지 못해 놀고 있는 농토는 용납할 수 없기에 남아있던 농토를 대부분 처분했기 때문이다. 반대했지만 아버지 의견대로 할 수밖에 없었다. 남은 농토의 농사일에 여유가 생기면 면소재지 복지관으로 나가신다. 준비하시는 모습이 참 보기 좋다. 몸을 깨끗이 닦고 모자까지 챙기시고... 신발에 묻은 흙도 여러 번 털어내신다. 우리 아버지가 이렇게 멋을 부리는 분이셨던가?

무릎이 좋질 않아서 땅에 앉아서 마늘을 심고 수확하시는 아버지. 농사일은 아무리 작은 규모라도 소일거리가 아니다. 시간을 놓쳐서도 안 된다. 성실하지 않으면 할 수가 없는 일이다. 힘든 일이지만, 다른 사람과 치열하게 경쟁해야 하는 일도 아니다. 아버지는 천생 농부이시다. 지금은 농사일이 아버지 삶의 버팀목이 되고 있다.

어머니의 가르침

해마다 모내기철이면 어머니 생각이 더욱 더 난다. 초등학교 3, 4학년 무렵인가? 처음으로 못줄을 잡았다. 건강하고 효율적인 농토 이용을 위해서는 못줄잡이가 좁지도 넓지도 않게 일정한 간격을 잘 유지해주어야 한다. 어머니는 서툴게 임무를 수행하고 있는 아들 옆에서 모를 심으시며 못줄도 조정하셨다. 그러고는 "우리 아들 잘한다"를 연신 외치셨다.

어머니의 칭찬에 보답기 위해 나는 못줄잡기에 집중, 또 집중. 어머니의 수고를 덜어드리기 위해

한 줄 넘어가는 시간, 줄 간격 등 어린 나이지만 세심한 신경을 써야 했다. 어머니는 그렇게 칭찬만 하셨다. 어머니의 칭찬은 때론 부담도 되었지만, 평생을 판단하고 실행하여야 하는 삶에서 늘 긍정적인 힘으로 작용했다. 나를 성장시키는 자양분이 되어 주었다.

나이 들면서 드는 또 하나의 감사함은 아들의 판단을 전부 존중해주신 것이다. 그런 어머니가 딱 한번 내 결정을 반대하신 적이 있다. 고교 2년 때, 검정고시로 대학가겠다고 무단결석을 하고 학교자퇴 의사를 밝혔을 때, 그때는 눈물로 반대하셨다. 다른 직업을 원하셨겠지만, 내가 선택한 것에 대해서는 무조건 "잘 했다.", "알아서 해라." 내가 직장을 바꾸고 어떤 일을 새로 추진할 수 있는 것도 내 판단이 늘 최고라고 힘주시던 어머니 덕분이라고 생각된다.

매형을 먼저 떠나보낸 큰 누님, "매형 돌아가시니까 못해 드린 것만 생각나더라." 올해가 어머니 떠나신지 만 10년. 병세가 심해져서 당신은 걸음도 제대로 걷지 못하면서 아버지 팔순잔치를 꼭 해야 하고 그래야 여한이 없겠다고 하시더니, 그 이듬해에 마지막으로 내 손을 꼭 잡아주시고는 세상을 떠나셨다. 요즘도 가끔 몇 가지 죄송한 생각에 가슴이 미어지기도 한다.

유언처럼 하신 말씀, "아버지께 잘 해라.", "재미있게 살아라." 말씀을 늘 새기지만 실천을 잘 못하고 있다.

아! 그리운 어머니

20여 년 전 어느 봄날. 전국적인 업무수행지 중 통영을 배정받아 시청에서 내어 준 배를 타고 이 섬, 저 섬을 다녔다. 바다 멀리, 보일 것 같은 고향. 날씨가 좋지 않은 틈을 이용, 같이 일하는 다른 분의 양해를 얻어 남해로 향했다. 읍내에서 만난, 택시일 하는 먼 친척 형이 말하길, "어머니가 좀 안 좋으신 것 같더라."

그 당시 고향집은 목조주택을 허물고 벽돌조 슬래브지붕으로 신축 중에 있었다. 아래채 좁은 공간에서 식사준비를 하시던 어머니는 아들의 뜻

밖의 방문에 반갑게 웃으며 맞이해주셨지만 얼굴엔 아픈 기색이 역력했다. 한눈에도 심각해 보였다. 통영으로 돌아가는 길에 사천공항으로 모시고 가서 서울행 비행기에 태워드렸다. 김포공항에는 아내더러 나오라고 연락을 취했다.

다음 날, 아내로부터 걸려온 전화. 가까운 병원에 갔는데 "암 같대요." 이전까지 암이라는 병은 우리 가족하고는 관계없는 것인 줄 알았다. 급히 서둘러 올라오는 귀경길은 왜 그리도 멀던지. 버스에서 기차에서 흐르는 눈물을 주체할 수가 없었다. 그때까지의 삶 중에서 가장 큰 충격이었다. 6남매, 막내까지 공부, 결혼 다 시켜놓고 새 집 지어 이제 좀 편하게 사실 줄 알았는데...

검진 결과, 담도암. 의사는 3년을 말했다. 병원에서 이런 상황을 겪어본 적이 없는 나로서는 의사들이 자기들끼리 의학용어를 사용해가며 대화하는 모습에 더 답답하고 막막하고 당황스러울 뿐. 아내는 아예 암 관련 책을 구입해서 읽기까지 했다. 중병에 걸렸을 땐 환자나 보호자가 그 병에 대해 공부하는 것도 치료에 도움이 되는 것 같다. 몇 달

만에 와서 몇 시간을 기다리다가 만난, 의사와 대화하는 시간은 고작 5분도 채 되지 않으니 환자가 오히려 공부하고 준비해 가야한다.

그 시절 어머니들이 다 그랬듯이 평생을 일만 하신 어머니. 1남8녀의 장녀이시지만 부드러운 카리스마에 자식 잘 키워보시겠다고 남자들도 하기 힘든 사업까지 하시면서 사람들의 질시도 견뎌내야 했다. 사업은 농한기인 겨울과 봄철에 집중되는데 한번 시작한 일은 그만두기도 참 어렵다. 자식들을 위한 당신의 희생은 이제는 보상받아야 하는데, 휴식을 취하는 곳이 병원이라니.

그 상황에서도 어머니는 늘 긍정적이셨다. 병원복도에서 휠체어를 타고 돌다가 "노래하실래요?"라고 하면, 누가 먼저랄 것도 없이 "남쪽나라 바다멀리 물새가 날으면~~" 뭔가 부족한 느낌에 한곡 더, "찔레꽃 붉게 피는 남쪽나라 내 고향~~". 11년, 투병하신 기간은 오히려 어머니와 더 많은 정을 나누었던 시기였던 것 같다. 중병이 닥쳐왔을 때 낙망하기보다는(당연히 치료에 집중해야 하지만) 여생을 어떻게 보낼 것인가를 정리해 보는 것도 좋은 것 같다. 어차피 사람에게 주어진 시간은 유한하니.

어머니는 그렇게 내 곁을 떠나셨지만 남해 사실 때처럼 아주 가까이 내 마음 한 구석에 언제나 자리하고 계신다.

하고픈 일 1

바쁘게 살았지만, 한 번씩 삶이 무료해짐을 느꼈다. 그런 어느 날 지인이, "죽기 전에 하고픈 일 100가지를 적어보고 하나씩 행하면 재미있다"며 권한다. '버킷 리스트' 열풍도 모르고 정신없이 일하던 시기. 적어보지만 시작부터 쉽지 않다. 뭘 하고 싶은 걸까? 겨우 생각해 낸 몇 가지. 지리산 천왕봉 등산, 잔디구장에서 제대로 갖추고 축구 경기, 체중감량, 색소폰 연주, 마라톤 풀코스 도전 정도.

1,915미터 하늘 아래 왕봉우리 천왕봉. 2010

년 6월, 고향 다녀오는 길에 산청 중산리에서 1박을 하고 아침 일찍 생수 두병 들고 올랐다. 정상까지 오르는 거리는 짧지만 그만큼 급경사. 숨을 헐떡이며 중턱쯤 바위에 올라 주위를 내려다본다. 그야말로 가슴이 터질 듯한 광경이다. 산은 배포 큰 거인이 가부좌 틀고 앉아 세파에 미동하지 않고 떡하니 버티고 있는 모습. 골짜기가 깊음은 빨치산, 남부군을 떠올리게 한다.

웅장한 산세와 60여 년 전의 역사가 뒤엉키며 10시쯤 도착한 정상. 어, 야전잠바를 입은 등산객들이 눈에 들어온다. 6월 중순이라 난 반팔 상의인데... 잠시 후 느껴지는 한기. 그래도 쉽게 내려갈 수는 없다. 구름이 거의 없는 맑은 날씨, 3대가 덕을 쌓아야 일출을 볼 수 있다는 곳. 지인들에게 문자를 보낸다. "여기도 안 와보고 죽었으면 참 억울했겠다." 평생 잊을 수 없는 장면이다.

시간이 지나고, 서울 가는 길이 멀어 내려가야 한다. 과체중 시절이었고 긴 거리인 백무동계곡으로 내려온 길은 걸어도 걸어도 끝이 없다. 나무들에 가려 먼 경치를 느끼기도 쉽지 않다. 경사도는 오를 때 보다 완만하지만, 큰 변화가 없는 지세는 단조로움으로 내리막길의 불편함을 그대로 보여준다. '아, 이리로 올라올 걸 그랬나?'

2012년 7월, 천왕봉의 느낌을 내게서 전해들은, 30대 원우들의 제안으로 다시 찾아갔다. 이번에는 무박 2일. 지난 번 완만했던 내리막길로 올라갈 계획. 매진 잘되는 동서울버스터미널 23시 59발, 백무동 4시 도착. 아직 어둠이 가득하고 안개까지... 앞을 잘 볼 수가 없다. 시간계획이 있으니 곧바로 출발. 인원 수, 시간대, 긴 오르막코스 등이 겹쳐 2년 전보다 더 힘들다. 몇 번을 포기하려하니 뒤에서 "선생님, 가야합니다"를 정상까지 반복하는 유도선수 출신의 원우 덕으로 두 번째로 천왕봉에 올랐다.

천왕봉을 오가며 드는 생각. 삶에 있어, 제한된 시간이지만 이리 가도 저리가도 나름의 정상에 도달할 수 있다면, 내리막길이 길어 힘들어도 짧은 오르막길이 좋은가? 아님, 오르막길이 길어 힘들어도 짧은 내리막길이 좋은가?... 전자는 빨리 정상에 도달하지만 내리막길이 어떻게 될지 모른다.

후자는 시간이 걸리지만 정상가는 맘으로 극복이 가능할 수도 있다. 그래도 전자가 좋다. 다만, 긴 내리막길이 나무로 가려져 있는 것이 아니라 먼 경치를 감상할 수 있는 시야를 확보하는 길이면 금상첨화일 것이다.

"노세 노세. 젊어서 놀아~ 늙어지면은 못 노나니~~♬" 70년대, 동네잔치에 꼭 등장하던 노래. 수정이 필요하다. 젊어서도 노는 것이 필요하지만 늙어지면 더 잘 놀아야 한다. 100세 시대, 체력적으로나 그 무엇으로나 긴 내리막길을 가야하는데 나무에 가려 즐길 수 없다면 본인뿐만 아니라 주위도 다 괴롭다. 먼 경치 시야가 확보되지 않으면 만들어서라도 가야 한다. 결국 많은 이들과 같이 갈 수밖에 없다.

하고픈 일 2

두 번째 천왕봉 산행에서 힘들었던 기억은 체중감량을 시도하는 계기가 된다. 10년 이상을 벼르던 일. 두 달 만에 최고 15킬로그램 감량. 먹는 것 이상으로의 강한 운동이 정답이지만 강남구청역, 춘천닭갈비도 큰 역할을 했다. 신선한 생닭과 양배추에 온기가 더해지고 둘이 물기로 어우러져 익어가면 이 식당의 영업비밀인 고추장 합류, 매일 먹어도 질리지 않는 요리가 완성된다. 막걸리 한 잔과 같이하면 다음날 여러 작용으로 몸이 가뿐해진다. 최강달인이 주인장인 이 곳 닭갈비는 분명, 서울 최고다.

체중감량을 했으니 이제는 축구. 당구나 골프 같이 서 있는 공으로 하는 운동은 생각을 해야 하므로 별로 즐기지 않는다. 움직이는 공에 그때마다 순식간에 반응하는 것이 더 재미있다. 일할 때에도 같은 모습, 생각을 오래하는 것보다 즉각 반응하며 대처한다. 글을 쓸 때도 마찬가지. 조기축구회를 찾았다. 마침, 구청장기 시합이 열렸다. 공 차는 모습이 제법이라는 생각도 잠시, 선수끼리뿐만 아니라 심판에게도 폭행, 경찰까지 출동한다. 그날 이후로 축구를 하는 것은 멀어졌다.

고교시절, 10킬로미터 단축마라톤 선수로 황령산을 수없이 뛰어다녔다. 사상엄궁 구간의 시합도 출전. 그 전엔 중학 1년 때, 선배들이 억지로 밀고 들어온 힘으로 중등부에 입상하여 작은 냄비를 받은 적도 있다.

마라톤 풀코스 도전. 양재천, 마라톤 동호회를 따라 뛰어본다. 마음뿐, 무리한 체중감량은 근력까지 감소시켜 따라갈 수가 없다. 군에서 제일 하기 싫었던 것이 행군, 걷는 것이었다. 차라리 달리는 것이 더 나았다. 지금은 둘레길 같은 곳을 걸으면 맛있는 음식을 먹는 기분처럼 달달하다. 마라톤 시도는 포기해야 할 체력이 되어버린 것 같다.

또 다른 시도. 아이 학교축제 때 교정 한쪽에서 구성지게 들려오던 색소폰 소리. 악기 경험은 초교시절 피리, 하모니카가 전부였는데, 뭔가 확 뚫어줄 것 같은 악기를 배우고 싶다는 막연한 충동이 생겼다. 짧은 고민 끝에 낙원상가에서 색소폰을 구입하였다. 회사 근처 학원으로 나름 열심히 다니며 고향 바닷가에서 멋지게 연주하는 모습을 그려봤다. 강사는 내 입모양이 색소폰에 최적화되어 있다며 흥미를 유도한다. 하지만 쉽지 않다. 등대지기, 전선야곡 등 몇 곡은 한 것 같은데, 시간적 · 심적 여유가 필요한 부분이다. 꼭 다시 한 번 도전해 보고 싶다.

해야 하는 일을 쉬는 시간에는 하고픈 일을 하는 것이 좋다. 난 무엇을 하고 싶은가? 머리 속으로만 생각하면 술 외엔 다른 생각이 나지 않는다. 기재하면 보인다. 내가 하고 싶은 소소한 일들을 하나씩 해 나가면 시간에 끌려 다니지 않는, 주도적인 삶을 영위할 수 있다. "우리가 인생에서 가장 많이 후회하는 것은 살면서 한 일들이 아니라, 하지 않은 일들"이라는 영화, <버킷 리스트> 속 메시지의 의미...

오늘 토요일,
하고픈 일을 할 수 있는 시간이지만, 해야 할 일이 있다.
대개, 누구나 다 삶이 그렇다.

기억나는 스승님

나를 가르쳐서 이끌어 주는 사람.

일반 사회생활에서도 그런 사람이 있을 수 있으나 주로 학문, 학업적으로 연관이 있으니 학교, 선생님들이 대부분이다. 어떤 분이 기억에 남았을까?

초등학교,

선생님들의 남녀비율이 8대2 정도였는데 여선생님으론 유일하게 기억나는 분이 있다. 3학년 담임선생님. 공통 숙제 외에 나한테만 따로 산수숙제를 더 내주셨다. 나를 예뻐해 주셨던 것 같았다.

그러나 나는 그 숙제를 해가지 못한 적이 많았다.

그 당시 농촌은 열 살짜리 초등학교 3학년 아이도 소중한 노동력. 따로 숙제를 할 시간이 부족했다. 학교에서 오자마자 어둑해질 때까지 농사일을 거들고 나면 숙제할 여력이 남아있질 않았다. 숙제를 못해갈 적마다 실망스런 선생님의 모습이 지금도 기억난다.

그런가 하면 단체벌을 참 많이 주셨던 6학년 남자선생님도 계셨다. 남녀합반이었는데 누군가 잘못하면 전원을 뙤약볕 내리쬐는 운동장에 1시간 동안 마냥 세워 두시는 것이었다. 교육적 효과가 있었을까?

중학교,
사춘기 시절의 영향인지 기억나는 대부분의 선생님이 여자선생님이다. 주로 영어선생님들이 미인이셨고 얼굴도 그려진다. 2학년 영어선생님은 영어 1등하면 읍내에서 맛난 거 사주시겠다고 독려. 그 영광을 차지하진 못했지만 방학에 당직하실 때 불러서 이런저런 가르침의 말씀을 해주셨다. 3

학년 때 담임선생님의 교과목은 영어. 반장이어서 영어를 더 열심히 했다. 첫 시험에서 영어는 좋았지만 좀 까다로웠던 남자 수학선생님 과목에서는 큰 문제가 발생하는 바람에 담임께서는 너무 안타까워하셨고, 어머니께서 나를 부산으로 유학 보내는 큰 결단을 내리는 계기가 되었다.

고교시절, 부산.

자취 생활, 신문배달도 하며 보낸, 내 인생의 최고 불안기. 대부분 남선생님들이었고 대학입시와 관계없이 세계사를 이야기로 술술 풀어내시던 선생님이 기억에 오래 남는다. 아마 우리에게 호연지기를 길러주시기 위함이었을 것이다. 그때 독서량이 많지 않아 그 수업내용을 생생하게 기억하지 못하는 아쉬움이 있다. 조금은 가슴 설레던 여선생님 영향으로 Ich liebe dich! 독일어를 열심히 했다. 그리고 3학년 담임선생님은 대학 갈 생각을 잠시 접었던 나에게 입학원서의 담임 도장란을 내게 일임해 준 분으로, 안타까워하시던 모습이 잊히지 않는다.

40대 후반, 박사과정에서 만난 교수님은 감히

언급할 수 없을 정도의 스승님. 학업과정에서의 내용이야 당연 배우고 또 배워야 할 부분. 그것을 넘어 아주 평범하다고 생각되는 세 줄의 문장에서, "이건 왜 그럴까요?" 어떤 문제의식을 던지신다. '여기서 어떻게 이런 착안을?' 감히 그 깊이를 더 이상 언급하는 것은 무례이지만 살아가면서, 아주 평이하다고 생각되는 부분에서 쟁점을 찾아내시는 분은 처음이다.

그보다, 내게 주신 큰 사랑으로 인해 영원히 스승님으로 모시고 싶다. 인생의 선배로서 내가 생각하지 못한 부분의 언급. 특히 부부관계, 부모자식관계, 형제 자매 간의 관계... 지금 내 나이가

딱 그 중심에 있어서인지 교수님 말씀은 곧 실생활이고, 그 어디에도 없는 최고의 가르침이다. 늘 힘을 주신다. 박사학위를 받기 전엔 "포기하지 마라, 용기를 가져라!" 그리고 지금은 "잘하고 있다, 잘 할 것이다!" 학문적 가르침을 넘어 삶의 지혜와 용기를 주신다. 스승님을 뵐 수 있는 것은 참으로 행복한 일이다.

스승의 날, 자격이 있는지는 모르나, 학원 제자 세 사람으로부터 내게도 감사의 연락이 온다. 이 또한 참 고마운 일이다.

5월 31일

1981년 5월 31일도 내 평생 잊지 못하는 날. 처음 가보는 부산에서 객지 생활을 시작한 날이기 때문이다. 그 전에도 남해를 떠나본 적은 몇 번 되지 않았다. 여수는 같은 생활권역이라 생각했기에 객지 간다는 생각은 별로 없었다. 가마 타고 거제로 시집가는 먼 친척 누나 따라 철선에 실린 버스를 타고 남해를 벗어난 어렴풋한 기억. 70년대 중반엔 누나들이 공부하고 직장 다니던 마산에 두어 번 가 본 것이 전부.

떠나기 하루 전날 밤. 요즘도 고향마을은 밤에

대중교통으로 오가기가 힘든데 그 시절에는 오죽했으랴. 1시간 정도의 거리는 걸어 다니기가 예사. 먼 거리에서 송별한다고 동년배뿐만 아니라 막 알기 시작한 한 학년 후배들도 찾아왔다. 직접 쓴 손 편지와 편지지, 예쁜 일기장, 필기구... 지금도 나오는 웃음. 중2, 3학년들이 어찌 그리 순수했을까?

부산 도착, 학교 수업에서 가장 큰 문제는 중3 올라가 흔들린 수학과목의 진도가 남해보다 훨씬 앞선다는 거였다. 게다가 매월 시험. 2주 후 정도에 첫 시험을 봤는데 언급하기 힘든 점수였다. 수학을 첨부터 다시 해야 했다. 결국 이때부터 나는 수업시간에 딴 공부를 하게 되었다. 그 독학 습관은 고교를 지나 국가자격시험까지 이어졌다. 아마 이때가 살아가는 동안 제일 많이 공부했던 시기였던 것 같다. 나름 매월 성과를 내었지만, 뒤에 보니 공부 좀 한다는 아이들은 이미 고교 선행학습을 하던 때라 중3 시험에는 그다지 큰 관심이 없었던 것.

한편으론 같은 반 아이들과의 평온한 생활을

위한 노력도 필요했다. 처음으로 도회지 아이들과 생활. TV에서 본 것처럼 교실 맨 뒤에 있는 물 주전자 주변은 흘린 물 없이 깨끗하고 컵도 가지런히 놓여있을 줄 기대했는데 모든 면에서 남해 아이들과 다를 바가 없었다. 큰 실망. 심지어 길들이기도 시도된다. 다부지게 생긴 아이와 책걸상 밀어놓고 제대로 한판, 질 수가 없었다.

불안하고 질풍노도의 시기였던 고교시절. 축구, 단거리 마라톤, 경보, 농구... 아마 공부하는 시간보다 운동했던 시간이 더 많았던 것 같다. 대학진학을 체육학으로 할 생각도 가졌던 시절. 당연히 같이 땀 흘렸던 친구들과 끈끈한 정과 더불어 추억을 공유하게 되었던 소중한 시기다. 고교친구가 평생 친구가 되는 것이니 서로 소중하게 생각하고 잘 지내라는 선생님의 말씀은 그대로 들어맞았다. 현재까지 우정을 이어오고 있으니 말이다. 그러나 혼자 방 한 칸에 살았던 시간이 많았지만, 단 한 명의 친구도 내 방에 오는 것을 허락하지 않았다. 그렇게 시간은 나를 서울로 보냈다.

5월 31일 부산 입성은 내 인생에 있어 큰 전환점

이 되었다. 먹는 것도, 입는 것도, 학업도 모두 혼자 결정해야 했다. 본격적인 외로움의 시작이었지만 내 인생을 내 스스로 책임진다는 마음을 가지게 한 중요한 계기가 되었다. 나름 힘든 시기를 치열함으로 버틸 수 있었던 것은 부산에서 만난 좋은 친구들이 있어서이기도 하다. 그렇지만 남해를 떠나오기 하루 전 친구들의 모습은 잊을 수가 없다.

정과 추억이 어우러진 체육대회

많은 사람들이 모여서 하는 행사 중에 최고로 신나는 시간. 어릴 적부터 고향의 마을 대항 <8 · 15기념 마을대항 축구시합>은 설, 추석 다음으로 큰 행사였다. 중학교 때부터 선수로 참여해 골도 넣고, 끝나면 마을회관에서 장구치고 춤추고 노래 부르고... 잊을 수 없는 또 하나의 추억거리를 선사했다. 그런데, 젊은 사람들이 농촌을 떠나는 현상으로 자연스럽게 이 대회는 쇠퇴하고 만다. 대신, 부산과 서울에서의 행사들이 생겨났다. 해성중고등학교 동창회, 남해군 남면 향우회 등등.

신기한 것은 이런 행사장에서 보는 얼굴들은 어릴 적 815축구시합 때 봤던 그 사람들이란 사실. 815가 성황리에 열릴 시절이었으면 나무 그늘에 앉아 부채질을 할 나이들이 선수로 뛴다. 나보다 5, 6년 후배 그 아래가 없다. 아마 70년대 급격한 산업화로 도시로의 인구이동이 심화되어 고향이라는 이름 아래 모일 세대를 형성하지 못했기 때문이리라. 아니면 70년대 어느 시기부터의 세대는 분명 다른 문화적 특성이 있을지도.

올해도 어김없이 열린 부산 삼락공원에서의 해성중고교 동창회 체육대회. 일을 줄이기 시작한 5여 년 전부터 내가 해마다 참여하는 행사다. 매번 그 전날 설렘을 안고 내려간다. 10여 년 전에 비해 부산에서 제일 많이 변한 지역은 해운대, 광안리. 너무 화려하다. 그래서 찾은 곳, 송도 선착장. 바다 내음 맡으며 연탄불에 구운 장어에 한잔. 인공적이지 않은 바다와 해풍과 파도가 있는 자연 속이라서 좋다. 그런데 이곳에도 케이블카가 설치되고 있다. 다른 장소를 알아봐야 할 듯.

거나하게 취하면 근처 모텔로 간다. 자고 일어

나서야 보게 되는 내부 인테리어. 아마 건축물의 용도 중 모텔만큼 그 외관이나 내부 인테리어가 빠르게 변화하는 게 없을 것이다. 한 해가 지남에 따라 엄청난 기능적 감가가 나타날 것 같다. 사업주는 얼마나 버텨낼까? 그래도 계속 운영되고 신축되는 것을 보면 나름 수지타산이 맞겠지. 굳이 내가 안 해도 되는 걱정이다.

국밥, 평소에 아침을 먹지 않지만 오늘 하루 끝까지, 흔들림 없이 마시고 운동하려면 먹어두어야 한다. 운동장으로 가니 벌써 준비된, 배정받은 우리 기수 천막에 많은 친구들이 모여 있다.

1년 만의 반가운 인사, 모이는 시간이 다 제각각인데도 그때마다 음식을 내어오는 친구의 성의는 정말 존경스럽기까지 하다. 선후배 기수들끼리 안부 인사와 함께 준비한 음식교환이 이어지고. 이렇게 정겨운 자리가 또 있을까? 사물놀이패의 방문과 어우러져서 춤추는 친구들은 행사의 흥을 북돋우고... 시간가는 줄을 모른다.

한참을 마시면서 정 나누고 있는데, 이어달리

기 한다는 방송. 이번 해부터 우리 기수는 이른바 OB로 분류되어 전부 선배들과의 시합이다. 나이로 보면, 당연 1등하여야 한다.

남녀 각 2인씩 200미터 계주, 쇼트트랙처럼 마지막에 대 역전극을 보여주고 싶은 욕심에 마지막 주자를 자청하고 나섰다. 역시 달리기에는 넘어지는 중년들이 나온다. 우리 팀은 넘어지지는 않고 3위로 입상. 2위를 따라 잡을 수 있을 것 같아 살짝 밀어보기도 했지만. 최근의 체중감량으로 다리 근력의 약화가 문제. 그 보다는 뱃살이...

순간적인 힘을 쏟아서인지 더 이상 술이 넘어가지 않는다. 그래도 권하는 친구의 성의를 무시할 수 없다. 잠시 후, 1년 선배들과의 축구시합. "백만원을 걸자!"라고 큰소리치는 친구도 있다.

서로 마주보고 인사. 어릴 적부터 같이 많이 뛰었던 선배들, 어이쿠! 축구화를 신은 인원이 여덟 명이다. 이 나이에 축구화가 있다는 건 지속적으로 공을 찬다는 의미. 우리 팀은 모내기하다가 급하게 운동화 신고 나온 모습. 그래도 자신 있다. 한 골이 들어간다. 어어, 또, 또. 3대0, 완패였다. 다시 아쉬움의 이별 인사. 1년 선배들이지만 우리보다 젊어 보이고 배가 나온 사람이 거의 없다. 내년에 다시 만나면 꼭 이기고 싶다.

해마다 열리는 "유구한 남해금산의 정기를 받고, 한려수 굽이굽이 감도는 곳"에 위치한 해성중고교, 동창회 체육대회. 이곳에서 만나는 친구들은 나와 너가 아닌, 그냥 우리들로 느껴진다. 사람마다 친한 부류가 있겠지만 중학친구들과 하는 행사가 제일 좋다. 남녀 구별 없이 서로 도와가며 음식준비하고, 정리하고... 뒤에서 묵묵히 희생하는 몇몇 이들이 있어 더 좋은 만남이 된다. 정말 감사한 일이다. 건강이 좋지 않은 친구 소식이 들려오는 나이, 내년에도 건강한 모습으로 다시 만나길 기대해 본다.

여수, 맛과 풍성함으로 기억되다

전라남도의 남동측 끝. 전라 좌수영, 이순신 장군이 좌수사로 활약하였던 지역. 아름다운 물줄기의 고장. 여수는 한려해상국립공원에 속하는 아름다운 비경을 지닌 지역으로 다도해 남해바다가 가지는 독특한 매력을 그대로 보여준다. 길게 늘어선 돌산도와 향일암, 자연 그대로의 금오도, 대중가요로 익숙한 오동도, 그리고 수백 개의 유무인도... 그 동측에 내 고향, 남해도가 있다.

어릴 적, 여수는 늘 가보고 싶었던 도시였다. 남해읍이 번화하지 못했던 시절, 여수는 그냥 일상에서 시장 보듯이 자주 가던 곳이다. 특히 제사가 많았던 시절, 그래서 규모 있는 장을 볼 때에는 필수 코스였다. 물건을 사기만 하는 것이 아니라 팔기도 했던 시장. 초등학교 2, 3학년 무렵, 달걀을 팔려고 지게에 지고 가다가 넘어지는 바람에 깨뜨리는 대형사고를 친 곳이기도 하다. 많이 안타까워 하시던 어머니의 표정, 그러면서도 아직 어리고 서투른 아들을 꼭 데려 다니고 싶어 하셨다.

사람들이 많이 오가던 시절이었으니 여객선도 2층 규모였다. 오가며 만난 사람들은 모처럼의 나들이에, 오랜만의 만남에 싱글벙글. 머리에, 양손에 그 무엇을 이고, 들고... 신나는 표정, 흥겨운 걸음들이다. 여객선이 닿는 부둣가는 짐을 내리는 사람, 마중 나온 사람들로 시끌벅적. 배를 타는 것도 신났지만 여수에 가서 아이스께끼를 처음으로 먹었던 달달한 기억이며, 무엇보다 다양한 해산물로 된 먹거리가 참으로 맛있었고 모든 것이 풍성했다.

여수가 오래토록 나에게 자리 잡고 있는 것은 가족 영향도 있다. 할아버지 네 형제 중에 넷째

할아버지께서 젊은 시절부터 여수에서 생활 터전을 잡고 계셨다. 여성이 객지로 나가기가 쉽지 않았지만, 둘째 누님도 할아버지 영향으로 여수로 유학했다. 결정적인 것은 결혼한 막내 누님이 매형과 이곳에 정착하여 지금까지 살고 있다는 것. 매형이 세상을 떠난 아픔도 있지만, 내가 힘들게 고교시절을 보낼 무렵, 큰 도움이 되었던 누님이라 늘 맘이 짠하고, 그래서 여수는 꼭 가봐야 하는 곳으로 남아 있다.

막내 매형이 하시던 일의 인연으로 군 입대 전, 몇 달간 여수에서 어선을 탄 적이 있다. 선장, 기관장, 갑판장, 하장 그리고 이 어선 업무의 주인공으로 구성된, 앞으로 몇 주간 운명을 같이할 사람들. 나는 당연 식사당번 하장으로 참여했다. 한겨울이지만 해가 뜨기 전 출항하여 물살을 가르며 속도를 내는 어선. 잠시 감상에 젖어보는 시간도 있었다.

그러나 목숨을 내놓는 일이다. 바다 깊이 잠수해서 온갖 종류의 조개류를 캐내고 선체로 올리고... 고단한 일이다. 목숨을 앗아갈 수도 있는 힘든 일이었다. 그러나 만선의 기쁨으로 귀항할 때면 이 세상 그 누구도 부럽지 않다. 세월이 가고 세상이 변하듯 이제 여수에서는 이런 어선을 찾아보기 힘들다. 이런 어선에서 획득한 수산물이 시장의 풍성함을 가져오는데 일익을 담당했음은 틀림없다.

환상적인 도시, 어업 중심의 여수 남동쪽 지역과 농어업이 혼성된 남해 서쪽 지역은 거의 하나의 생활권에 있었다. 그러나 언젠가부터 2층 규모의 여객선은 1층으로 되고, 그마저도 톤수가 작아지더니 운행 횟수마저 급격하게 줄었다. 이제는 내가 다니던 항구에서는 운행도 하지 않는다.

시대의 흐름에 따른 것도 있지만 남해대교, 삼천포대교의 개통으로 진주 · 마산 · 부산 쪽 경제권에의 접근성이 좋아진 것이 큰 이유다. 거기다가, 내가 아주 잠시 접했던, 힘들게 어부로 일했던 때의 어업형태의 쇠퇴도 여수로의 유인을 약하게 만든 중요한 요인이 되었을 것이다.

여름철이면 여수수산전문대학 대학생들이 헤

엄쳐 와서 내가 다니던 초등학교에서 훈련받던, 검게 그을린 건장한 모습들. 여수에 대한 아련한 추억은 가끔씩 가슴을 먹먹하게 한다. 남해 못지않게 가봐야 되고. 가보고 싶은 도시...바로 여수다.

여름날의 추억

시골의 여름밤은 낮 시간의 무력감을 만회하려는 듯 꽤 역동적이다. 농한기, 저녁식사 후 모기 쫓느라 피운 모깃불에서 나오는 연기 맡으며 온 가족이 마당에 마련한 평상에 눕거나 앉는다. 낮에 가까운 바다에서 채취한 홍합, 성게, 바다고동을 삶아서 후식 삼아 먹는 재미. 어린 아이는 고동 속살을 빼내느라 낑낑대지만, 어머니는 웃는 듯 아닌 듯 미소 지으며 바늘로 쉽게 빼서는 아이 입에 넣어 준다.

여름 방학이 되면 도회지에 사는 친척들이 부

모님의 고향을 찾아온다. 말쑥한 차림에 다른 언어를 사용하는 것처럼 보이는 도시 아이에게 지지 않으려는 듯 툭 던지는 한 마디. "북두칠성 찾아봐라!" 아주 선명하게 반짝반짝 빛나는 무수한 별들 속에서 단번에 찾아내는 아이도 있지만, 대부분 어리둥절이다. '책에서나 봤겠지. 방향도 모르고.' 의기양양해진 나는 다음 말을 이어간다. "저기 봐라. 북서쪽 국자 모양의 북두칠성, 그 옆으로 크게 빛나는 북극성, 또 그 옆으로 더블유 모양의 카시오페이아 자리다. 알겠나?"

저녁이 지나고 어둠이 더 짙게 내리면 응당 찾아오는 손님, 반딧불이. 도대체 어디 숨었다가 나타나는지 모르지만 가로등이 부실했던 시절, 노란색의 불빛을 뽐내며 아이들의 동심을 자극한다. 아이들은 과한 욕심에 동네 어귀를 이리저리 뛰어다니면서 한 마리씩 붙잡아 병에 가둔다. 아마 손전등으로 삼으려 했던 모양이다. 그 빛으로 공부하려 했다는 이도 있다. 농담이겠지.

아이들이 정신없이 노는 사이, 조금 더 나이 먹은 소녀들은 개울로 간다. 2003년 태풍 매미의 광폭적인 습격으로 개울 폭이 더 넓어지기 전, 큰 저수지의 담수기능이 개선되기 전에는 개울물이 많아 7, 8명이 한 번에 들어갈 수 있는 공간도 여러 곳 있었다. 남자아이들이야 낮에 맘껏 물놀이하지만, 여자들은 밤 시간을 이용할 수밖에 없다. 반딧불이 쫓던 무리 중 몇몇은 아이 허리 높이만큼 자란 벼가 있는 논에 숨어 그 모습을 훔쳐보기도 하지만 아무리 별이 빛나도 사방은 어둠이다.

높은 산자락에서 시작해서 여수 쪽 바다로 흐르는, 그리 넓지 않은 개울에는 은어, 장어, 이름 모를 민물고기들은 우리의 목표물. 미끼인 미꾸라지가 너덜너덜하게 될 정도로 사투를 벌이며 잡은 큰 민물 게는 된장국 재료가 되어 여름 입맛을 돋우는데 일조한다. 얼마나 많았는지 개울가에 자라는 작은 나뭇가지 잎을 이용해도 웬만한 게는 언덕 쪽 돌 속에 숨었다가 슬금슬금, 밖으로. 어린 아이들은 게와 싸우다가 손가락을 물려 피를 보기도 한다.

시간이 흐르고, 청소년이 된 아이들은 막걸리, 환타, 카세트 들고 마을에서 멀리 떨어진 수백 년은 됨직한 큰 소나무 밑으로 간다. "언제까지나 언제까지나 헤어지지 말자고~~" 역시, 같이 즐기는 노래는 트로트가 최고. 어느새 디스코 타임, "십오야 밝은 둥근 달이 둥실 둥실 둥실 떠오면~~", "마음 약해서 잡지 못했네~~" 유행이었는지 춤사위는 양팔을 허리 높이보다 위에 들고, 발로 다이아몬드 그리기. 쉬운 동작 같은데 따라하기가 힘든 아이는 박수만. 환타 마시고 취한 아이는 졸고 있고.

더 많은 세월이 흐르고, 여름 밤하늘의 별을 본 기억이 거의 없다. 반딧불이도 어디론가 가버렸다. 개울은 그 폭이 넓어지고 저수지의 담수능력이 크게 개선되고 농약 과다로 생명체가 보이지 않는다. 미꾸라지와 민물 게도, 카세트도, 환타도 없다. 다들 어디로 갔을까?

도시의 여름밤

도시의 여름밤 또한, 분주하다. 압도적인 주거 형태, 아파트와 무수히 오가는 자동차에서 비춰지는 불빛은 하늘의 별빛을 더 희미하게 한다. 행인들의 국적을 분간할 수 없는 명동거리, 특정 지역을 떠나 동서남북으로 분산된 젊음을 부르는 상권, 큰 함성과 아쉬운 탄식이 교차하는 야구장, 늦은 시간까지 가방 멘 아이들로 북적대는 대치동 학원가... 도시의 밤은 낮 못지않게 뜨겁다.

그래서 찾는 곳. 기계의 힘을 빌리지 않고도 밤더위를 견딜 수 있는 곳, 서울을 남북으로 가로

지르는, 요즘 같은 극심한 가뭄에도 강물을 가득 담고 있는, 볼수록 신비스러운 강, 바로 한강이다. 그리고 가장 동쪽의 강동대교부터 서쪽의 행주대교까지 스무 개가 넘는 큰 다리 주변에는 시민들의 휴식처, 한강시민공원이 있다. 잘 정비된 보행 길과 자전거 길, 텐트를 칠 수 있는 잔디밭, 가볍게 마실 수 있는 편의점... 아마 서울의 여름밤에 가장 많은 사람들이 모이는 장소일 게다.

더위를 때로는 땀 흘리는 운동으로 이겨내는 것도 좋다. 동호회인듯 보이는 무리들이 떼 지어 달리거나 자전거를 탄다. 텐트 안에서 치킨 뜯는 젊은 남녀들, 어린 아이 보살피며 행복한 웃음 짓는 부부, 중년으로 보이는 여성들의 빠른 보행, 작은 음악회를 관람하는 사람들, 여름밤을 즐기는 모습은 제각각 다양하다. 한강고수부지에서 가장 시원한 곳, 어떤 날에는 한기까지 느껴지는 큰 다리 바로 아래는 낮부터 밤까지 노년들의 휴식처.

한강변 여름밤의 여러 모습에서 3대가 모인 장면을 찾기란 어렵다. 가족으로 보이는 모습은 초등학생 이전의 어린 아이들과 그 부모. 청소년이나 청년, 50대의 중년, 그 중년의 부모가 같이 있는 모습은 아예 없다. 당연한 일이다. 살아온, 살아가는 환경과 장소에 큰 차이가 있으니 그럴 수밖에. 3대가 같이 지내지는 않지만 중년의 삶은 늘 부모, 자식과 관련 있다.

문득, 혈기 넘쳐났던 20대 중반 어느 시간이 떠오른다. 그날, 친구 두 명과 오토바이 한 대에 함께 올라탔다. 오토바이 운전하는 친구와 뒤에서 내 허리 잡고 있던 친구, 중간에 내가 앉았는데 시골길을 쏜살같이 달렸다. 온몸으로 바람을 느끼며 속도감을 만끽하고 있을 때 갑자기, 앞서가던 트럭이 정차하는 것이 아닌가! 아찔한 순간, 운전하던 친구는 왼쪽으로 재빨리 핸들을 급하게 돌렸고 우리는 반대 차선 쪽으로 오토바이와 함께 나동그라졌다. 이때 만약 반대쪽에서 차량이 왔다면... 사고를 알았지만, 중간에 끼여 어찌할 수 없었던 상황. 다행히 모두 큰 부상은 아니었다. 발톱이 깨지고 지금도 남아있는 상처 치료차 가까운 병원을 다녀온 후 만나서 한 잔, "내가 맨 뒤에 있었으면 가볍게 뛰어 내렸을거야!", 객기다.

50대 중년. 실제와 공부상의 출생년도 불일치가 많은 세대. 보릿고개, 지난 가을에 수확한 곡식은 바닥나고 보리는 아직 여물지 않아 농가생활이 어려웠던 음력 4, 5월의 시기, "아야, 뛰지 마라 배 꺼질라 ~~" 노랫말의 시간을 유아기 혹은 유년기로 보낸 마지막 세대다. 어느 지역에서 어떤 일을 하는지에 관계없이 대부분의 이 세대는 부모님께 보내는 편지의 첫머리는 늘, "부모님 전 상서", 매번 공통되는 문장, "열심히 해서 잘 모시겠습니다." 자식들에게는 일관되게 하는 말, "열심히 해라. 내가 다 뒷받침 해 주겠다."

50대 중년에겐 떠나신 부모님은 애처롭고 건강하지 못한 부모님은 안타깝다. 단순히 모시는 문제가 아니다. 당신께서 살아오신 환경을 두고 도시의 여름밤에 익숙해 주실 것을 원하는 건 어리석은 일이다. 부모 봉양을 잘하는 것이 방법적으로 쉽지 않다. 자식들에게는 뒷바라지가 더 필요하다. 65세라고 하신 택시운전 하시는 분의 말씀, "자식들 출가하면 좀 여유로울 줄 알았더니, 손주 자식들에게도 금전적인 역할이 필요하더라구요..."

부모와 자식사이, 그 중간에서 이래저래 스트레스 받지 않을 수 없는 세대인 50대를 살아가며 그래도 견뎌내고 거침없이 나아가야 하지만, 내 맘을 다스리기도 쉽지 않다. '지천명', '하늘의 명령을 알았다' 는 나이가 지났지만, 맘은 여전히 평온하지 못하다. 존경하는 스승님께 부족함을 한탄했더니, 스승님 말씀, "당신은 공자(孔子)가 아니지 않는가?"

귀소본능

밤에 잠자고 일어나서 휴대폰이 없어짐을 인지하는 순간, 그 기분은 참 나쁘다. 방, 거실을 오가며 찾아보지만 헛수고. 시간이 갈수록 초조해지고, 뭔가 크고 중요한 물건을 잃어버린 듯, 맥이 빠진다. 몇 번 그런 적이 있다. 다른 사람을 기다리다가, 잠깐 틈이 나서 짬짬이 쓴 글도 있는데, 기계도 그렇지만 그 속의 내용물이 아까워서 일이 손에 잡히질 않는다. 몇 번의 시도 후 휴대폰을 습득한 분이 전화를 받으면, '아, 세상은 아직도 살만하구나' 하면서도 안절부절못한다.

이제는 회사 직원의 도움으로 휴대폰 속의 내용이 책상 앞 컴퓨터로 자동 이전되고 보험도 들어서 큰 걱정은 하지 않아도 된다. 휴대폰 분실은 술과 상당히 관련 있다. 그냥 술이 아니라 정신줄을 놓은 술이다. 술을 과하게 마시면 정신줄은 풀릴 수밖에 없다. 특히 체중감량을 10킬로그램이상 했을 때 가장 큰 문제였다. 정신줄을 놓고 집에 어떻게 왔는지 기억이 희미한 그 몇 번 속에 휴대폰 분실 경험이 있다. 그러나 아무리 먼 곳에서 오더라도 어김없이 집으로는 찾아온다. 이런 걸 귀소본능이라고 누군가 말한다.

귀소본능(歸巢本能), 이 단어를 보며 '술, 놓은 정신줄'이 아니라 가족처럼 같이 살았던 '소(牛)'가 떠오른다. 농가의 재산목록 1호로 우리 집도 마찬가지였다. 초등학교 시절, 학교에 다녀오면 공부하는 시늉을 했지만 할아버지는 "소 먹이러 가라!"고 다그치신다. 겨울에는 쇠죽 끓여 먹이지만 여름에는 들판의 싱싱한 풀이 최고. 방학이 되면 일어나서 하는 일 첫 번째가 산에 소 풀어놓으러 가는 거였다. 북향받이의 '어둔골'은 골이 깊고 산이 울창하여 소들이 낮 시간에 먹고 자기를 반복하기에 딱 좋은 장소였다.

자기보다 두 배 이상 몸집이 큰 소를 어둔골에 풀어놓은 아이들은 내려와서 점심을 먹고 다시 소 찾으러 간다. 소는 아침 그 자리로 되돌아 올 것이다. 소들이 오는 동안 노느라 정신이 없다. 새끼줄로 만든 축구공, 풀밭에서 맨발로 차고, 뛰고... 이 세상 어디에서 이런 축구를 볼 수 있는가? 때로는 집집마다 돌아가며 간식거리를 준비해 온다. 어둔골, 이름만큼이나 해는 빨리 넘어가고 소들은 한 마리, 두 마리 모여든다. 이게 바로 귀소 본능이다.

한 번씩은 주인을 애먹이는 소들도 있다. 내려오지 않으면 온 산을 다 뒤져야 한다. 소를 찾지 못하면 집에 갈 수가 없다. 소식을 들은 어른들도 소 찾기에 동참하고. 산이 깊고 험해서 위험한 장소에 빠져 어찌할지 모르는 채 음머~음머~ 소리 지르는 소, 아예 저 멀리 다른 동네로 가버린 소. 아이를, 식구들을 힘들게는 하지만 한 번도 산에 내놓아서 이별한 적은 없다. 소를 이길 짐승이 없었고 바다를 끼고 있는 지형이 어느 정도의 활동범위를 정해주었기 때문이다.

소를 통하여 알게 된 귀소본능의 장소, 어둔골에는 이제 갈 수가 없다. 친한 친구랑 둘이 그 장소에 소 풀 먹이러 다닌 마지막 목동이 되었다. 사람이 다니지 않으면 길도 없어지는 터. 운 좋아서 정신줄 놓고도 집 잘 찾아 왔지만, 길이 없으면 올 수 없다. 귀소본능을 너무 과신하지 않는 것이 좋다.

제기동 친구

서울생활을 시작한 80년대 중반부터 현재까지 30년 이상을 매년 찾는 동네가 있다. 우리나라 대표 한약 상가 밀집지역과 서울 동북권 최대의 재래시장인 경동시장이 입지하여 일 년 내내 분주한 곳. 살아감이 무기력해질 때 들르면 힘이 날 수밖에 없는 지역, 제기동. 그곳엔 성공적인 자수성가를 한, 중학시절에 같은 반을 했던 오랜 친구가 있다.

신체의 왕성함만큼이나 20대엔 이리 저리 오가는 동선이 전국적이다. 서울은 군 입대, 휴가, 전역뿐만 아니라 직장, 결혼 등 내 일과 그리고 다른 친구의 일로도 방문하게 되는 곳이었다. 서울 지리 몰라서 묻기도 하고 적당한 잠잘 곳이 없으면 하룻밤을 보낼 수 있는 베이스캠프, 심지어 이동에 필요한 노잣돈까지도 쥐어주는... 아마 백여 명 이상이 이런저런 사연을 안고 그 친구에게 다녀갔을 것이다. 한의원의 넓은 공간, 셔터 내리고 노래 불러도 되고 맘씨 넉넉한 친구까지 있으니 서울 사는 친구, 지방에서 오는 친구들에게 널리 알려졌던 명소였다.

친구가 군대 가면 입대하는 부대까지 따라가 주었던 시절. 나를 춘성102보까지 배웅해 준 친구가 있었다. 그런데 부산으로 돌아갈 그 친구의 여비가 모자랐다. 보통은 입대하는 친구가 가진 돈을 다 내놓아야 하는데 나 역시 돈이 바닥난 상태였고 출발부터 워낙 적은 규모였다. 그 친구는 결국 겨우 청량리까지 가서 제기동 친구가 마련해준 차비로 부산 집에 돌아갈 수 있었다고 했다. 30년이 지나서도 그 친구는 나에게 책망하듯이 옛 일을 말하지만 그럴 때마다 왠지 웃음만 나온다. 그리고 나는 제기동 베이스캠프 친구의 고마움을 다시 생각하게 된다.

20대, 첫 서울생활, 5공 말기의 정국, 진로문제, 고향집 사정들로 이 세상 고민 혼자 다 안고 있는 사람처럼 찾아간 곳. 무엇보다 젊은 시절의 배고픔을 해결하던 곳, 특히 포장마차의 김치볶음밥은 평생 잊히지 않는 음식 중 하나로 남아있다. 30대는 어머니를 위한, 그 당시에는 귀했던 상황버섯 달인 한약을 짓기 위해... 슬슬 옛 친구들이 그리워지는 40대, 아이러브스쿨 영향으로 나이든 고향 친구들 찾기, 그리고 50대인 지금, 이제는 어엿한 남일한약방 사장님 친구로 방문한다.

백명이 넘는 친구들이 찾아와서 다양한 사연들을 하소연하거나 주장을 펼쳐도 늘 들어주는 친구. "너는 이런 점이 문제!"라고 가르치려 들지 않는 친구, 술 한잔을 마시지 않아도 노래 잘하고 모임의 끝을 지키는 최종 사수파. 술을 안 마시니 교통 불편한 친구의 특급도우미 기사 역할도 마다 않는다. 그러면서 서울시 대회에서 입상한 배드민턴 실력가이자 족구 · 탁구와 같은 운동뿐만 아니라 시내 7080주점에서 주인에게 양해구하고 연주하는 드럼 실력까지 갖췄다. 그렇기에 제기동 친구는 업무와 놀이로 일 년 내내 바쁘다. 정말 열심히 일하고 재미있게 사는 사람의 모범이다.

성과를 내는 것에 관계없이 열심히 일하는 것도 능력이고 대부분은 그렇게 산다. 그러나 재미있는 놀이를 찾고 즐기는 사람은 많지 않은 것 같다. 쉬운 일도 아니고, 나 또한 마찬가지. '늘 웃고 있는 사람 옆에 있으면 나도 웃게 되고 또 그 누군가도 나로 인해 웃게 되듯이' 일한 후 여가를 잘 즐기는 것도 다른 사람에게 좋은 영향을 주는 한 가지가 된다.

일과 놀이를 잘하고 즐기는 삶이 최고.

오늘도 깔끔하게 정돈된 제기동 한약방에 들렀다가, 내가 아는 사람 중 이런 점에서 최고인 친구의 모습에서 나는 어떤 재미있는 일을 하고 사는지 생각해 본다.

목마와 숙녀

태릉에서 아차산 가는 길에 만난 망우리 묘지 공원. 급경사에 가까운 지대에 엄청난 수의 묘지가 있다. 처음 가는 길, 여름 장마철엔 위험한 지대로 보이는데 1933년부터 공동묘지로 사용되었다고 한다. 그냥 별 생각 없이 걷다가 낯익은 망자들의 이름을 본다.

안창호, 한용운, 방정환, 이중섭... 어, 박인환?

분명 들어봤던 이름이고 책에서 본 인물인데, 기억이 가물가물하다. 조금 더 지나니 설명 글, 시인 박인환. 대표작, <목마와 숙녀>. 작품명을 확인하는 순간, 어릴 적 느낌에 반가운 감정은 넘치는데, 그 내용이 또 기억나지 않는다.

"한잔의 술을 마시고 우리는 버지니아 울프의 생애와 목마를 타고 떠난 숙녀의 옷자락을 이야기한다. 문학이 죽고 인생이 죽고 사랑의 진리마저 애증의 그림자를 버릴 때 목마를 탄 사랑의 사람은 보이지 않는다."

시를, 문학을 잘 알지는 못했지만, 청소년기에 무언가 허무함을 느끼게 하고 또 그런 느낌이 위로가 되었던 그 시. 35여 년이 지난 시간에 다시 만나게 되니 감회 또한 새롭다. 이제는 시의 내용이나 느낌보다는 이런 시에 푹 빠져있었던 지난 과거가 새록새록, 시를 몇 번이고 노트에 써 보던 그 시절 회상에 웃음 짓는다.

여름 바다의 풍경

어릴 적, 산에 소를 풀어 놓는 일이 더 이상 이어지지 못한 이유를 정확하게는 모른다. 아마 경운기 보급이 확대되면서 소의 역할이 줄어들었고, 소 사육 가정이 감소한 영향이 제일 컸을 듯싶다. 하나 더, 이상하리만큼 내가 태어난 마을뿐만 아니라 다른 마을에서도 말띠 아래 아이들의 수가 현저하게 감소하여 목동이 부족했던 이유 같지 않은 이유도 있었을 것이다.

여름 낮에 할 일이 없어지자, 이제는 바다로 간다. 수영은 대개 저수지에서 한번 들어가면 못나오게 하는, 선배들의 강압으로 배웠다. 바다 수영은 저수지 수영보다 쉽다. 파도를 잘 타면 힘들이지 않고 헤엄칠 수 있다. 우리에게 바다는 수영이 목적이 아니라 누가 더 오래 물속에서 견디는지 내기하는 잠수에 있었다. 시합도 해가며 쌓은 실력. 그러나 나는 이 부분에는 소질이 별로였다.

잠수하여 주로 잡는 것은 멍게라 불리는 우렁쉥이, 그 중에서도 돌멍게였는데 지금 이 순간에도 입맛을 다시게 하는, 바다가 내어주는 여름철 최고의 간식이었다. 그 외에도 해삼에 소라, 미역까지 다양한 종류의 싱싱한 해산물을 바닷물 닿는 바위에 앉아 먹는 맛과 풍경을 어찌 글로 다 표현할 수 있으랴! 욕심이 과한 아이들은 끝이 뾰족한 쇠를 대나무에 부착하여 화살을 만들고, 물속에서 쏴서 재빠르게 움직이는 물고기 사냥도 했다. 에고... 그러다 결국 사고가 나고 말았다. 화살이 다른 아이

가 배에 맞아 비상사태가 발생한 것이다. 하지만 그 이후로도 우리의 바다행은 멈추질 않았다.

나이 들어 만나는 바다는 변했다. 동네 개울가처럼 많은 생명체들이 사라진 것이다. 이제는 밤바다가 좋다. 어차피 물길질 할 체력도 안 되고, 폼 잡고 앉아 나누는 한잔이 좋다. 안주가 새우깡이어도 속삭이는 파도소리 들으며 나누는 정은 그 어디에서도 맛볼 수 없는 광경이다.

바다는 변화무쌍하다. 고향 바다도 늘 감상적인 장소만은 아니다. 파도가 무섭게 입을 벌리며 다가올 때도 있다. 한 번씩 그 파도를 볼 때 생각나는 책, 「모리와 함께 한 화요일」. 가장 기억에 남는 글, 작은 파도가 앞선 다른 파도들이 해변에 닿아 부서지는 것을 보고 슬픈 표정으로 두려워하자, 다른 파도 왈, “우리는 그냥 파도가 아냐. 우리는 바다의 일부라고.”

한 사람이 생겨나고 사라지는 것도 대자연의 한 모습일 뿐...

여름꽃

중년이 되어서야
눈에 들어오는,
여름철에 핀 꽃.

마늘

늦봄에 수확한 마늘은 그 시기에 바로 판매하기도 하고, 잘 손질한 후, 상태에 따라 구분하여 여름에도 조금씩 판매하기도 한다. 제대로 된 놈들만 포장자재인 망사에 일정 무게로 담아서 출하하는데 물론, 가을파종을 위한 종자는 남겨둔다. 판매용뿐만 아니라 종자용도 내년의 풍성한 수확을 위해서는 상태가 좋아야 한다.

사람도 병들고 상처받은 마음으로는 즐겁고 행복한 삶을 누릴 수 없듯이 수확한 마늘도 건강하지 못한 놈들은 과감하게 버려야 한다. 아버지는 가끔, 그렇게 마늘 손질로 그늘진 곳에 앉아서 여름을 보내신다.

고향마을에서 마늘을 본격적으로 재배하기 시작한 시점은 아마 70년대 말이었던 것 같다. 농토의 규모나 지형구조상 이모작을 해야만 살아갈 수 있었던 시기. 벼농사는 영원한 작물이었고 또 하나는 보리농사였다. 밟아도 자라나는 보리는 재배하기는 쉬우나 농가소득에 큰 기여를 못했던 터라 마늘재배가 도입되자 밭뿐만 아니라 논에도 온통 '해풍 맞은' 마늘로 가득 찼다. 물론, 그 결과 농가의 수입은 증대되었다.

그러나 마늘 농사가 그리 쉬운 게 아니다. 초가을에 거름을 하고 땅을 파 뒤집은 후, 일정한 폭

간격을 유지하여 구획을 나누고 마늘 심을 자리에 일자형 고랑을 판다. 미리 준비한, 물에 담가두었던 마늘 종자를 일일이 손으로 고랑에 넣고 흙을 덮는다. 정확하지 않지만 1제곱미터 면적에 마늘씨앗이 최소 50개 정도는 들어갈 것 같다. 엄청난 분량의 작업이다. 늦가을 쯤, 마늘 순이 나오면 알맹이의 보온을 위하여 전체 재배지를 비닐로 씌우고 새 순이 나오는 그 자리, 파종했던 씨앗 수 만큼의 비닐 구멍을 뚫어 마늘대가 자라도록 한다.

겨울을 이겨 낸 마늘은 완연한 봄이 되면 마늘종을 생산한다. 마늘종은 그 자체의 맛도 좋지만 마늘 알맹이를 건실하게 하기 위해서는 뽑아주어야 한다. 앉아서는 할 수 없는, 허리가 부러질 듯한 작업. 그래도 마늘종은 일 년 내내 여러 형태의 요리 소재가 되어 식탁을 채워준다. 늦봄, 이제는 수확의 시기. 파종을 위한 땅고르기부터 이 시점까지 작업 중 가장 손쉬운 일. 수확의 기쁨까지 있으니 농부에겐 제일 흐뭇한 시기임에 틀림없다.

마늘은 삼겹살과 소주가 만날 때 꼭 같이하는

약방의 감초이자 주방에 꼭 있어야 하는 양념 재료 중 하나. 최근에는 싱싱한 마늘대를 냉동했다가 김치찌개, 된장국 등 국거리에 넣어 먹는 즐거움도 터득했다. 군 생활 말년의 스트레스를 달랠 때는 매운 생마늘을 꼭꼭 씹어 먹었다. 입안을 얼얼하게 만드는 알싸함과 얼얼함이 좋았다. 요즘 마늘은 냄새도 매운 맛도 덜하다. 무언가 날아가 버린 느낌.

올해도 가을엔 건강한 종자들로만 준비해서 마늘 파종을 하여야 한다. 그런데, 고향집 옆 밭에는 요즘 시기에 재배하여야 할 콩이나 깨가 심어져 있지 않다. 다른 건강은 괜찮으신데 무릎이 좋질 않아 걷기가 너무 불편하신 아버지께서 그 밭을 보는 심정이 편치 않으시리라... 쉬운 일은 아니나 농사일을 배워야겠다.

여름비

조금은 여유로운 일요일 아침, 억수로 내리는 비는 삶의 무게를 덜어준다. 옷이 젖어도 그리 싫지 않은 여름비 맞으며 위례 한 바퀴 걷기. 비록 콘크리트 건물이 빗속 감성을 훼방 놓지만 시골 논길 걷는 기분이다. 그 옛날, 시골 개울엔 흙탕물이 흐르고, 이름 모를 큰 새는 바위틈에서 비를 피한다. 집에서는 부침개 굽는 냄새가 진동하지만, 가만있지 못하는 아이들은 동네 어귀에 있는 공터로 달려가 공차기. 골대가 없어 돌로 일정 간격을 만들어 놓고는 슛~. 오른쪽 애매한 각도에서 들어가는 공. 기둥이 없는 골대이니 골, 노골,

옥신각신. 빗속에서 온 몸은 흙탕물 뒤집어 쓴 꼴이지만 승부욕은 끝이 없다.

도시에서의 여름비는 그저 더위를 식혀주는 비. 어린 시절부터 적응된 비 내리는 날의 빈대떡에 더하여 막걸리도 한잔. 그렇지만 보이는 것은 물 튕기며 달리는 자동차, 셀 수 없는 우산들. 봄비가 주는 그 어떤 감성은 생겨나지 않는다. 더군다나 요즘은 비가 길게 내리지도 않는다. 올 때는 하늘에서 물 양동이로 퍼붓듯이, 그것도 짧게. 참 재미없는 도시의 여름비. 그러나 도시를 조금만 벗어나면 여름비의 매력도 느낄 수 있다.

여름비~하면 장대비가 제격이다. 요즘처럼 습기만 가득 머금은 이슬비, 보슬비가 아닌 굵으면

서 세차게 퍼붓는 청량한 비, 그 비가 그립다. 80년대 중후반, 오직 정규훈련과 휴식축구로 더위를 느낄 틈도 없었던 시절의 강원도 화천 부대위병소. 비로 인해 훈련 못하고 경계근무 중에 만난 장대비는 그야말로 한 치 앞도 안보이던, 총을 들고 있었지만 적이 와도 어찌할 수 없을 정도로 쏟아져 내렸다. 비에 넋이 나간 것일까? 총을 든 채 그대로 빗속으로 뛰쳐나가고 싶다는 생각이 순간 들었다. 그 장대비를 평생 잊을 수가 없다.

비는 계절마다 다른 느낌을 준다. 여름비는 분명 세차고 강한, 젊음의 비. 그래서 때론 위험하기도 하다. 계절에 관계없이 최근 몇 년 간은 서쪽하늘에 내리는 비가 제일 좋다. "서쪽하늘로 노을은 지고... 비 내린 하늘은 왜 그리 날 슬프게 해. 흩어진 내 눈물로..."

30년만의 재회가 주는 편안함

그 생활이 삶의 전부라고 여겨졌던 시절, 극도의 긴장감과 치열함이 감돌았던 공간에서 같이 땀 흘리고 정해진 규율에 따라 단체생활을 했던 사람들이 다시 만났다. 특공연대. 아주 예외적인 시간을 제외하곤, 오로지 교육훈련만 하는 부대. 감히 배가 나올 수 없는 부대. 고통과 환희의 시간을 같이 보냈던 사이라 말하지 않아도 그저 통하는 사람들. 중대장님의 말씀처럼 sns의 위력으로 30여년 만에 재회했다.

겉으론 미소 지으시는 부드러운 모습이지만,

훈련과정의 판단상황에선 단호한 카리스마를 보여주셨던 중대장님. 드센 병장들 통제하느라 화도 많이 났겠지만 그래도 늘 소통해 주셨던 소대장님. 특공병의 모범, 훈련에 집중하느라 손에 든 크레카 터지는 줄도 모르고 침투습격 했던 이, 비교적 마른 체구이지만 단 한 번도 훈련에서 뒤처진 적이 없는 유연한 깡을 가진 이, 힘든 훈련 속에서도 늘 멋진 노래로 동료들을 위로하고 축구에서 기교가 뛰어 났던 이, 남들보다 무전기 무게만큼 더 힘들게 훈련해야 했던 중대의 통신을 책임지면서도 늘 웃음 잃지 않던 이...

그 모습, 그대로였다. 크레카에 손 다친 흔적을 가지고 있는 동료병장을 보니 맘이 짠했지만, 그래도 특공출신이라는 자부심으로 서로를 인정하고 위로하는 흐뭇한 자리. 병사들에게 그 때는 조금 불편했던 중대장님, 소대장님과 더 깊은 소통도... 돌아가며 하는 이야기는 하룻밤 아니, 며칠 밤이 지나도 끝나지 않을 것 같았다. 봄 여름 가을 겨울, 일 년 내내 계절에 맞춰 훈련했으니 얼마나 이야깃거리가 많겠는가? 심지어 다들 수영선수에 스케이팅선수도 된다. 물론, 훈련.

소중한 추억이다. 이 부대에 가지 않았다면 언제 헬기를 타고 낙하산을 타 봤겠는가? 그런데 거의 같은 시기를 보낸 동료병장하고도 기억하는 내용이 정확하게 일치하지 않는다. 난 사실, 그 시절 기억의 절반은 축구, 체육대회. 물론, 훈련도 전부 같이 했지만. 이렇게 차이나는 것이 신기했다. 아마 기억도 내가 관심가진 분야 위주로 남은 것 같고 그만큼 다양한 활동을 했다는 의미도 될 터.

과거의 회상은 시간 되돌리기로 끝나는 것이 아니다. 추억의 시간에 함께 했던 사람들과의 관계를 더 소중하게 한다. 또한, 힘든 시절의 이야기를 나누면서 다시 힘차게 살아갈 수 있는 동력을 얻는다. 군대로 맺어진 인연이니 계급, 직책, 선후임 등의 질서도 인정하면서 이제 사회인이고 나이도 들어가니 이런 부분의 존중도 같이 한다면 오래도록 좋은 만남이 될 것 같다. 인생의 또 한 분의 스승님, 중대장님도 모실 수 있는 모임이니 얼마나 좋은가?

좋은 사람들과 마시는 술은 취하지도 않는다. 다음 날도 좋은 기분은 계속된다. 요즘은 아무리 마셔도 웬만해선 5시간 이상을 잘 수가 없다. 놀랍게도 30여 년 만의 재회는 포근함 때문인지 노래 없이 그리 즐기지 않는 맥주 위주로 마신 탓인지 재회 다음 날, 10시간 이상의 푹잠을 자게 했다.

가던 길 잠시 멈춰 서서

초판 1쇄 인쇄 2017년 9월 1일
초판 1쇄 발행 2017년 9월 18일

지 은 이 공민달
펴 낸 이 김혜라

디 자 인 류화진 양윤정
마 케 팅 김태혁
펴 낸 곳 상상미디어
주 소 서울 중구 퇴계로 30길 15-8 5층

출판등록 제312-1998-065
전 화 02.313.6571~2 / 02.6212.5134
팩 스 02.313.6570
홈페이지 www.상상미디어.com

ISBN 978-89-88738-77-1
값 14,800원

• **저자이메일** : konglee1219@naver.com